Coleção Melhores Crônicas

José Castello

Direção Edla van Steen

Coleção MELHORES CRÔNICAS

José Castello

Seleção e *Prefácio* Leyla Perrone-Moisés

São Paulo
2003

global
EDITORA

© José Castello, 2003

Diretor Editorial
JEFFERSON L. ALVES

Gerente de Produção
FLÁVIO SAMUEL

Coordenação de Revisão
ANA CRISTINA TEIXEIRA

Revisão
LUIZ GUASCO
CÍCERA M. S. DE ABREU
RINALDO MILESI

Projeto de Capa
VICTOR BURTON

Editoração Eletrônica
ANTONIO SILVIO LOPES

Dados Internacionais de Catalogação na Publicação (CIP)
(Câmara Brasileira do Livro, SP, Brasil)

Castello, José
José Castello / seleção e prefácio Leyla Perrone-Moisés. – São Paulo : Global, 2003. – (Coleção melhores crônicas)

ISBN 85-260-0856-0

1. Crônicas brasileiras I. Perrone-Moisés, Leyla.
II. Título. III. Série.

03-4723   CDD-869.93

Índices para catálogo sistemático:
1. Crônicas : Literatura brasileira 869.93

Direitos Reservados
GLOBAL EDITORA E DISTRIBUIDORA LTDA.

Rua Pirapitingüi, 111 – Liberdade
CEP 01508-020 – São Paulo – SP
Tel.: (11) 3277-7999 – Fax: (11) 3277-8141
E-mail: global@globaleditora.com.br

Colabore com a produção científica e cultural.
Proibida a reprodução total ou parcial desta obra
sem a autorização do editor.

Nº DE CATÁLOGO: **2278**

Melhores Crônicas

José Castello

JOSÉ CASTELLO,
UM CRONISTA FANTÁSTICO

Numa crônica intitulada "Exercício de desapontamento", José Castello conta que o leitor G. escreveu-lhe dizendo que o considerava "um sujeito sem caráter" e um "mentiroso", porque a cada semana era obrigado a reformular a imagem que havia formado do cronista, tão variável este se apresentava. Desapontado com o desapontamento do leitor, Castello reconhece: "São perigosas as conclusões que tiram do que escrevemos. Já fui tomado por filósofo, médico, charlatão, poeta envergonhado, eremita, psicólogo, falsificador, sacerdote." E explica que, "como todas as pessoas, não sou sempre a mesma pessoa" e, a cada semana, "tenho a sensação de que sou um sujeito diferente".

Essa sensação de não ser uno mas múltiplo é, de fato, uma experiência bastante corriqueira. Conforme as horas, o contexto, as ocupações, os humores, somos personalidades diferentes, e autores clássicos dos séculos XVI e XVII já o registravam. Acontece, porém, que há inúmeros graus de intensidade nessa experiência, e que ela se tornou mais aguda na modernidade. A variabilidade e a quase invisibilidade de Castello decorrem de várias razões. Primeiramente, ele é escritor, isto é, um homem de linguagem, e todo escritor sabe, como Rimbaud, que o "eu é um outro". Em seguida, ele é um cronista com tendência à ficção, e não à auto-exposição; narrativo e não expressivo, referencial e não emotivo (diriam os antigos semiólogos). Quem cria personagens está sempre saindo de si, mesmo se usa a 1ª pessoa. Além disso, ele é leitor, crítico literário, jornalista-entrevistador de escritores, funções que, para serem bem exercidas, exigem uma grande capacidade de despersonalização, um alto grau de receptividade com relação ao alheio, qualidades que não lhe faltam.

Acrescentemos, a essas observações fundamentadas nos princípios mais elementares da teoria literária, uma impressão pessoal da leitora-crítica que aqui o analisa: Castello sofre de algumas dúvidas a respeito de si mesmo e do valor daquilo que escreve, o que é, por si só, prova de inteligência e de valor. Ai daqueles – tantos! – "gênios para si mesmos", como dizia Álvaro de Campos. Quem quiser conhecer o "verdadeiro" Castello, só o encontrará em breves interstícios de suas crônicas. Quando os textos de Castello estão na 1ª pessoa, as autodescrições são, em geral, pejorativas, ridicularizantes, impiedosas mesmo. Mas não a ponto de solicitarem desprezo ou compaixão. O senso de humor e a autoderrisão arejam muitas destas crônicas, e contrabalançam eficientemente uma atração sombria pelo grotesco.

O tema da identidade, sob variadas formas, predomina nessas crônicas: identidades imaginárias ("O príncipe perfeito"); falsas identidades assumidas (o matemático catalão José Castelló; a dificuldade em fazer-se fotografar ("Súmula de aula de fotografia"); a tendência a imitar comportamentos alheios ("Experimentando o modo de Denin"); o clássico tema do duplo (que apresenta uma composição em abismo na história do biógrafo biografado, e a forma do amigo perfeito na comovente crônica "As últimas palavras"); a indefinição entre o original e a cópia ("Homem com luvas de seda"). Não por acaso, o tema da identidade alcança sua forma mais perturbadora em "Nos passos de Alexander Search", ficção em que o heterônimo ocultista de

Pessoa comparece como ele mesmo quando jovem, mas disfarçado, para sempre oculto.

A literatura e os literatos são os outros temas constantes destas crônicas. Muitas delas contêm reflexões sobre a linguagem (que nos prende, nos enreda como teia de aranha, e literalmente nos devora), sobre a literatura (que é paixão e perigo), sobre a crítica e os críticos (que abusam de seu pequeno poder). Castello é um escritor escaldado (como se diz dos gatos) por ter uma longa e refletida experiência de convívio com os escritores e os críticos. No belo livro intitulado *Inventário das sombras,* de 1999, ele reuniu, com sensibilidade, admiração e modéstia, suas lembranças de entrevistador de escritores famosos.

As crônicas que aqui figuram, sobre escritores verdadeiros ou fictícios, podem ser vistas como o avesso bufo dessas entrevistas sérias. Juntando em minha memória, aleatoriamente, um punhado dessas crônicas, vejo o esboço de um delicioso romance cujo tema seria a instituição literária: não os livros, mas os personagens da chamada "vida literária". É um "romance" cruel, verdadeiro, e irresistivelmente cômico. O principal personagem escritor seria o intitulado U. U., "o escritor mais vaidoso que conheço". Foi internado para tratar-se de uma aguda "depressão literária" no Sanatório das Letras, "instituição secreta, de registro confidencial". Para seu merecido castigo, U. U. é paciente do dr. Gog, "médico que é também membro da Academia de Letras" (Castello também não é muito terno com os psicanalistas). O dr. Gog não cura U. U. mas, pelo contrário, se contamina de sua doença, que é a pretensão de viver uma frase de Borges.

Outro escritor notável (para si mesmo) se chama T. O sr. Espinheira, "grande crítico", definiu o livro de T. como "desnorteante" e a mulher de T. enche a boca para revelar que seu marido está "revirando a literatura brasileira". Entretanto, exposto pelo entrevistador à prova dos leitores,

T. se revela um chato. Outros escritores, homens e mulheres, povoam o mundo ficcional de Castello. O arquiteto paulista autor do contagioso romance *Cefaléia*; o dr. Brewster que, entrevistado, confessa ser um plagiário; o poeta S. Tunder, autor do hipnótico poema *A fratura invisível*, recitado na Festa do Camarão Gancho; eruditos como Zábulon Kirov, "o homem que sabia português"; Robert Stein, o "historiador americano que pesquisou a libidibi"; Zelda Carlberg, "autora do célebre *Fala baixo que não sou surda*"; Altamirano Pong, "poeta decadente filho de uma dançarina de rumba com um deputado que cometeu haraquiri"; o tio Hugo, autor do "menor romance do mundo"; Gastão Pinheirinho, que não sabe se escreve para fugir ou para se encontrar; etc.

Dentre os críticos literários desse mundo romanesco, destaca-se Maurício de Groot, "temido por suas estocadas maledicentes e suas unhas de gato". De Groot toma por vítima a poeta uruguaia Adelaide de Nefasi, "desconhecida até mesmo em seu país", e o narrador se encarrega de puni-lo exemplarmente. Essa gente toda circula em várias instituições: o Instituto Kellogs de Crítica Literária, a Sociedade Literária do Cotolengo, que "tem fins teóricos, recreativos e terapêuticos", a revista *O Eu profundo*, o Museu das Artes Fluidas. Esses exemplos demonstram a capacidade ficcional e o humorismo inteligente do cronista. Castello aprecia os pormenores (as "miudezas"), de preferência os esquisitos: anões, corcundas, velhas bigodudas com estolas de esquilo e outras estranhezas. Os nomes dos personagens são um capítulo à parte, e tudo isso contribui para o prazer do leitor. Esses personagens de nomes bizarros têm uma caracterização caprichada, com tendência expressionista, isto é à feiúra e até ao repulsivo. Numerosas e felizes invenções dão a essa prosa um sabor especial: "cílios em ventarola", "olheiras de mataborrão", "dentes de dominó", "aguados laços de sangue", "risinhos de sanfona", "perseverança macrobiótica". Algumas descrições de personagens são notáveis por sua economia e eficácia, como por exemplo: "O professor tinha um ombro (o direito) mais alto que o outro e uma sobrancelha (a esquerda) mais alta do que a outra, detalhes que lhe conferiam uma imagem hesitante – como se chegasse e, ao mesmo tempo, partisse" ("Fra Angélico, fantoche dos anjos").

Muitas das crônicas de Castello enquadram-se na categoria do fantástico, e algumas, na das histórias de terror. Ele domina bem esses gêneros tão difíceis, e consegue ser profundamente inquietante como na crônica-conto "A gargantilha de Descartes". Outras vezes, o fantástico deixado sob a forma da hesitação entre o real e o sobrenatural produz efeitos poéticos de alta qualidade, como em "A mulher dos olhos fechados".

Outra tendência de Castello é atentar para a reversibilidade das coisas e das situações, jogando com extremos que se tornam mais reveladores quando invertidos: desejar o bem é muitas vezes fazer o mal, olhar para baixo nos faz ver melhor o que está acima, os erros trazem benefícios, a felicidade não traz a felicidade, e assim por diante. Essas reflexões "filosóficas", que poderiam facilmente se tornar pedantes, são tratadas por Castello com dedos leves, e nos levam àquele estado de reflexividade descompromissada mas nem por isso inócua, que é característica da boa crônica.

Finalmente, a qualidade literária das crônicas de Castello comprovam, ao mesmo tempo, o bom leitor e o bom escritor que ele é (e o segundo nunca existe sem o primeiro). Amante da boa literatura e freqüentador (em muitos casos no sentido literal) de grandes escritores, Castello não sofre daquela ingenuidade ignorante que leva tantos cronistas a se satisfazerem com bate-papos egocêntricos e descartáveis. Dentre os numerosos escritores evocados nessas crônicas, por alusões diretas ou indiretas, podemos lembrar João Cabral, Clarice Lispector, Drummond, Pessoa,

Flaubert, Dostoievski, Kafka e, de modo especial, a dupla Borges-Bioy Casares. Como jornalista-escritor, Castello pode ser visto ele mesmo como uma "dupla" que vale a pena conhecer.

Leyla Perrone-Moisés

CRÔNICAS

CARTA SINCERA
AO HOMEM QUE NÃO SOU

*E*m certos dias de desânimo, quase sempre sem causa, julgo estar só um pouco cansado de mim e, para me distrair, ponho-me a sonhar que sou outra pessoa. Nessas horas, tornar-me um outro parece, de fato, muito mais atraente do que carregar meu velho estoque de perguntas sem resposta e de inúteis esquisitices.

Hoje pela manhã, numa dessas crises de desânimo, acessei a Internet em busca de um artigo que escrevi alguns anos atrás. Nas páginas da Alta Vista, sem saber por onde começar, pedi uma busca de meu nome; mas, para aumentar meu desalento, fui confundido com Joaquím José Castelló Benavent, um professor do departamento de matemática da Universidade Jaume I, de Barcelona.

Para não desperdiçar meu erro, tratei de imaginar como seria minha vida com essa identidade de empréstimo. Primeiro, me vi caminhando pelas Ramblas, num fim de tarde de Barcelona, com dois ou três tratados de matemática sob o braço, em busca de uma mesa disponível para tomar um café. Numa banca de livros do calçadão, talvez caísse em minhas mãos um exemplar dos poemas de João Cabral de Melo Neto traduzidos para o catalão, mas o mais provável é que eu, um homem de ciência, desprezando um poeta do concreto e também da matemática, não lhe conferisse importância.

Eu, Joaquím José Castelló Benavent – trato de imaginar – levo uma vida austera, entre a Universidade Jaume I e minha residência, talvez um apartamento modernista no Eixample, com vista para um dos prédios desenhados por Gaudí. Como tenho certo prestígio em minha especialidade, faço sempre viagens de trabalho a Madri, Milão e Paris, onde compro livros de arte, freqüento cafés da moda, assisto a concertos, janto em restaurantes finos e levo minha mulher para comprar perucas e vestidos.

Às vezes, eu, o matemático catalão José Castelló, viajo também a Nova York ou Boston para um congresso, ou para ministrar um curso de extensão. E, durante o vôo, debruçado sobre meu *note book*, embrenho-me em mais e mais números, que às vezes me causam terríveis dores de cabeça, que nenhum comprimido é capaz de abrandar e que, se eu fosse um leitor de poesia, me lembrariam as célebres enxaquecas de João Cabral. Como não sou, me evocam só a predisposição a um resfriado.

Tenho alguns vícios benignos: o tênis duas vezes por semana, o golfe nas férias, e até pratico alpinismo com meu filho mais velho. Acompanhados por dois ou três amigos, escalamos montanhas nos Alpes e temos conversas "entre homens" que sempre acabam me aborrecendo; assamos lingüiças na fogueira e fazemos fotografias, empenhados sempre em lhes emprestar alguma dramaticidade, só para, na volta, ouvir de minha mulher: "Mas vocês se arriscam tanto..."

Nessas excursões, me esqueço dos números, mas a matemática está sempre agindo em algum escaninho de minha mente, tanto que freqüentemente, mesmo magnetizado por alguma paisagem, sonho com equações avançadas e faço cálculos inúteis quando estou com prisão de ventre, e só assim meu intestino funciona um pouco melhor.

Perdoe-me, sr. Joaquím José Castelló Benavent, eminente matemático catalão, mas ao tomar sua identidade emprestada para descansar da minha, não consegui imaginar nada muito diferente daquilo de que desejo fugir. Lembro-me aqui do que me disse minha amiga Maria José do Rosário, a famosa psicanalista, quando, certo dia, num desabafo, lhe confidenciei que estava pensando em me separar de minha mulher: "Não faça isso", ela me advertiu. "Você acabará procurando outra mulher, que será exatamente igual à primeira. Por mais que emprestemos originalidade ao amor, amamos sempre a mesma pessoa."

É assim também comigo, meu prezado Castelló, quando tento imaginar sua vida e tomá-la de empréstimo; mas só consigo vê-la marcada pelas mesmas apatias e impasses que formam o sumo da minha. Uma vez perguntaram a Clarice Lispector por que ela escrevia sempre o mesmo livro e ela respondeu: "Porque esse é o livro que tenho dentro de mim." Foi uma definição perfeita da existência, sr. Castelló, mas tenho certeza de que o senhor nem imagina quem seja Clarice Lispector e isso seria muito difícil de explicar agora.

Por isso, meu paciente José Castelló, decido desde já desistir da fantasia tola de tomar sua vida emprestada; o prezado matemático deve ter também suas tristezas, seus momentos de desesperança, mas logo um teorema, uma equação, um cálculo complexo aparece para lhe iluminar a vida novamente. Assim também é comigo: estou chateado, mas aí leio um poema de João Cabral, ou um conto de Clarice, e tudo volta a fazer sentido, se é que o senhor me entende.

Obrigado por, mesmo sem saber, ter me emprestado sua identidade de matemático catalão. E lhe desejo muitas, imensas felicidades que não serão, prefiro adverti-lo logo, muito diferentes das minhas.

O DIA EM QUE
ADOECI DE UM LIVRO

Chegaram-me pelo correio os originais de *Cefaléia*, romance inédito de um arquiteto paulista. Veio acompanhado de um bilhete, direto e dramático, que diz: "Escrevo desde os 15 anos, estou com 45. Não sei se sou escritor. Envio esse romance para sua avaliação. Seja sincero: se não prestar me diga, que queimarei os originais e irei plantar flores na montanha."

Reli o bilhete, semelhante a outros que já recebi em minha vida, expedidos por autores inseguros. Nesse havia algo, porém, que me inquietava. As letras eram tortas mas, estranhamente, ora pendiam para a direita, ora para a esquerda – como se o autor fosse capaz de escrever com as duas mãos. Aflito, decidi telefonar para o arquiteto. "Você não pode depositar todo o seu futuro na conta de um só homem", eu lhe disse. Ele respondeu que podia sim, e não só podia, mas era o que estava fazendo. "Preciso que alguém me diga, de uma vez, se sou ou não escritor, e esse alguém será você".

O arquiteto me disse que sua mulher não suporta mais as longas noites que, mesmo cansado, ele passa à frente do computador. Tem na gaveta outros cinco romances inéditos. Os filhos reclamam da pouca atenção que o pai lhes dá. Sua vida sexual anda medíocre. A mulher reclama que não saem para jantar, ou ir a um cinema. Anda com olheiras, sofre da coluna e dorme mal, e até seu sócio, que é um amigo de infância, já reclama de tanto desleixo. "Não posso continuar assim", o arquiteto desabafou. "Preciso de alguém que me ajude a colocar um fim em tudo isso". Argumentei que talvez fosse melhor mandar cópias do original para mais três ou quatro leitores; não concordou comigo, dizendo que isso só iria complicar as coisas, quando seu desejo era o de clarear. "E se houver um empate?", ele cogitou. "Ora, escolha então alguém para desempatar", sugeri. Ele riu. "Então já escolhi: esse alguém é você, e não preciso de mais ninguém."

No último fim de semana, como chovia sem parar e eu não tinha coisa melhor para fazer, tratei de ler *Cefaléia*. É um romance monótono, cuja ação se desenrola, toda ela, num clube noturno e cujo desfecho é tão obsceno que não tenho coragem de reproduzir. Não sei se é bom, não sei se é ruim, sei que me deixou muito perturbado. Também passei a noite de domingo com uma dor de cabeça lancinante, exatamente igual à que, desde as primeiras páginas, acomete João H., o personagem principal, e depois o leva a se refugiar no sexo promíscuo. Quanto a mim, encontrei alívio temporário num chá de jasmim. Era, também a minha, uma cefaléia "sem causa": nunca tenho dores de cabeça e, no geral, tenho me sentido bastante bem.

Telefonei para meu amigo, Hugo Clavel, o famoso homeopata, que me disse: "Você somatizou o romance, é só isso. Vá assistir a um filme tolo na TV para apagá-lo de sua mente." Pensei que homeopatas, às vezes, são um pouco fantasiosos e tratei de trancar os originais de *Cefaléia* numa gaveta de meu escritório, à chave, a mesma em que guardo documentos e talões de cheque. Gaudí, meu *cocker*, passou um longo tempo cheirando a gaveta; uma hora depois, uivava baixinho e tive que carregá-lo até a veterinária. Marília o examinou e disse: "É apenas uma cefaléia. Uma indisposição". Não sabia que cachorros sofriam de dores de cabeça. Ela receitou uns comprimidos e nos mandou embora.

Gaudí foi dormir em seu cesto de vime, devidamente medicado, e eu me sentia um pouco melhor de minha própria cefaléia, quando o telefone tocou. Era o arquiteto paulista. Não tinha resistido à espera e resolveu me telefonar para saber, logo, minha opinião. "É bom?", ele me perguntava. "Tenho futuro?" Tentei explicar que ainda não tinha uma opinião formada, pois mal começara a leitura do romance, a dor de cabeça me derrubou. Ao contrário de minhas expectativas, ele não pareceu aborrecido. Ainda disse: "Sabe que bastou te enviar meu livro para que eu me sentisse bem melhor?"

Perguntei melhor de quê. O arquiteto me explicou, então, que sofria de uma dor de cabeça crônica, e torturante, que os médicos atribuíam a fatores emocionais, mas que, agora, tinha desaparecido sem explicação. "Acho que foi o alívio de saber que há alguém lendo meu livro", justificou. Prometi que em uma ou duas semanas teria meu diagnóstico literário e então o procuraria. Daria até um laudo por escrito, se ele assim desejasse.

Ainda não consegui chegar a um diagnóstico a respeito de *Cefaléia* e, cada vez que abro a gaveta em que os originais estão guardados, minha indisposição aumenta. Quanto a Gaudí, não entra mais em meu escritório, onde tinha o hábito de passar as tardes, cochilando aos meus pés. Se abro a gaveta, ainda da porta, ele se põe a latir, enfurecido. Se acomodo os originais à minha frente e os folheio, ele sai em disparada e se esconde sob a cama.

Pensei em simplesmente atirar os originais de *Cefaléia* no lixo, mas tenho medo de nunca mais me livrar dessa dor de cabeça. Existem antecedentes ameaçadores; o mais célebre deles é o poeta João Cabral que, durante anos, lutou contra uma dor de cabeça sem causa. Por isso os deixo, resguardados em minha gaveta, esperando o momento em que poderei decifrar, finalmente, de que modo os homens, às vezes, adoecem de livros. Que adoecem, adoecem, hoje posso dizer.

TRAINDO MINHA EMPREGADA

Nos classificados, leio o anúncio: "Gosta de sofrer? Procure Tânia Cruel, a massagista da dor." Veio-me à lembrança, logo, uma história que sempre preferi esquecer. Uma vez contratei uma empregada mineira chamada Odalinda. Ela fazia uma torta de espinafre estupenda, mas tinha um defeito, que a princípio não deveria me afetar: gostava de sofrer. Os namorados que arrumava eram sempre homens rudes e destemperados. Doava seu salário inteiro à igreja e, poucos dias depois do pagamento, já estava visitando agiotas para obter algum extra. Dizia calçar 34, quando calçava 36, e por isso vivia com os pés cheios de feridas. Levava uma vida tranqüila, que lhe parecia quase obscena, então se esforçava sempre para se atormentar.

Um dia, aproveitando que viajara de férias para Minas, mandei pintar o quarto de empregada. Empurrando sua cômoda para liberar uma parede, encontrei atrás dela uma coleção dos romances lilases de madame de Berg, a célebre escritora sado-masoquista de Paris, traduzidos por uma gráfica de Bangu. Ordenei aos pintores que os deixassem empilhados e na mesma ordem, e assim que eles concluíram seu trabalho, coloquei a penteadeira de volta em seu lugar, apagando qualquer vestígio de minha descoberta.

Apesar de ter feito essa descoberta por acidente, e sem nenhuma má intenção, julgava-me agora no dever de confessar o que vira, ou nossa relação, que era bem sincera, se transformaria numa farsa. Na tarde em que tomei, afinal, a decisão de falar, enquanto Odalinda lavava a louça do almoço, foi na verdade ela quem começou. "Quero fazer um pedido que talvez o senhor tome por ofensa", minha empregada me disse, enquanto esfregava o fundo de uma panela de feijão.

Achei que ia se confessar, ou talvez eu tivesse deixado alguma pista de minha intromissão e, nesse caso, era eu quem devia pedir agora que ela me desculpasse. "Se eu tivesse marido, pediria a meu marido", Odalinda prosseguiu, ela que, eu podia entender agora, aprendera com os tradutores anônimos de madame de Berg um português bem razoável. "Isso é coisa que se pede ao marido, mas como não tenho marido, sou obrigada a pedir ao senhor", continuou, e eu já estava arrependido de minha decisão de conversar.

Talvez quisesse ter um filho e... Não, sou um homem tímido demais para que ela pudesse me ver como um reprodutor de aluguel. Talvez... mas eu não conseguia avançar além desse advérbio inútil, que só serve para confundir. "Queria que o senhor batesse em mim", Odalinda disse de repente, e antes que eu pudesse reagir, ainda completou: "Não com as mãos. É que hoje eu comprei um chicote." E passou a me falar sobre a importância desse espancamento, como ele lhe purgaria a alma, como a livraria de males medonhos e eu assim, um homem comum, estaria ajudando a salvá-la. "O senhor pode não acreditar, mas apanhar é bom", ela me disse, enquanto secava a panela. "É ruim para o corpo, mas é bom para o coração."

Afastou-se da pia, enxugou as mãos e foi até seu quarto, de onde voltou trazendo um chicote de couro. "Queria que fosse agora", disse, envergonhada. Olhei para Odalinda e comecei a rir, rir descontroladamente, descarregando meu pavor, até que ela, sentada no banquinho da copa e envolvendo o rosto no pano de prato, em contraste com meu desabafo histérico, se pôs a chorar baixinho.

"Está bem", eu disse sem pensar, "eu a espanco". E ainda através de alguém que falava por mim, porque aquele não era eu, acrescentei: "Mas só darei três chicotadas. Não me peça mais". Peguei então o chicote e, com ares de especialista, comecei a examiná-lo. Era uma peça malfeita, a correia trabalhada num couro mole, o cabo de madeira decorado com madrepérolas falsas. O couro estava preso por pregos tortos, aquilo não poderia machucar ninguém. Ainda assim, não preciso dizer que não tive coragem de fazer o que prometi. Odalinda ainda desabotoou um pouco o decote, expondo seu pescoço cheio de brotoejas, e, depois de deixar a cabeça pender sobre o peito, fechou os olhos em posição de vítima. Ficamos parados, imóveis, como numa tela clássica. Senti que ela desistiu quando deixou a cabeça escorrer até os joelhos e a apertou, como um fruto, com as mãos fechadas.

No fim daquela tarde, Odalinda fez as malas e deixou o emprego. Na porta, ao se despedir, só conseguiu me dizer: "Não sei, agora, o que será de mim". Deixou claro que encarava aquilo como uma traição.

Ontem encontrei Odalinda no metrô. Quando me viu, virou a cara. Saltei na estação seguinte, e não pude deixar de me sentir um péssimo homem.

GRANDES ESCRITORES
POR PEQUENOS HOMENS

Tomo o título dessa crônica de empréstimo a Oscar Wilde, que o usou em um pequeno artigo publicado em 1887 na Pall Mall Gazette, agora reeditado no Brasil na antologia *Chá das cinco com Aristóteles*, da Lacerda Editores. É um título que, em si, carrega meia-dúzia de verdades perturbadoras. Para Wilde, serviu para nomear uma reflexão breve sobre Walter Scott, o crítico rabugento. Para mim, serve para recordar outro crítico feroz, e venenoso, chamado Maurício de Groot.

Ainda nos anos oitenta, coube-me a tarefa de entrevistar uma poeta uruguaia, Adelaide de Nefasi, que estava no Brasil para uma feira de livros. Desconhecida até mesmo em seu país e perdida em meio às celebridades literárias que desfilavam pela recepção do Hotel Copacabana Palace, Adelaide chamou a atenção da imprensa por um detalhe fútil: mesmo no alto verão, usava sempre uma estola em forma de doninha, cuja cabeça balançava na altura da barriga, dentes arreganhados, prontos para uma mordida no primeiro interlocutor.

Os repórteres logo a apelidaram de Adelaide, a Caçadora, o que não chegava a ser uma ofensa, embora carregasse aspectos sexuais que eram rapidamente desmentidos pela idade avançada da literata. Ela logo foi avisada do apelido mas, serena, tratou de adotá-lo na primeira ocasião. Na concorrida coletiva que deu horas antes de sua mesa-redonda, Adelaide disse: "Sou Adelaide, a Caçadora, e me orgulho muito disso", e ergueu sua doninha como um troféu. Dois repórteres ecologistas puxaram uma vaia, não correspondida. É claro que o animalzinho era falso, era sintético. Mas não deixava de lhe conferir um toque de extravagância.

Tudo estaria perfeito não fosse um artigo publicado, dois dias depois, na página literária de *A Noite*. Vinha com a assinatura ameaçadora de Maurício de Groot, crítico literário temido por suas estocadas maledicentes e suas unhas de gato. "Há uma senhora, que passeia pelos corredores com uma doninha e escreve versos balofos e ainda assim, insolente, nos obriga a chamá-la de poeta", ele dizia. Em vez de analisar os versos de Adelaide, Groot implicava com seu nariz de odalisca, repudiava seus seios amassados, lamentava a maquiagem grosseira e os decotes em V. A verdade é que o artigo de Groot era um ataque pessoal, sem trazer uma linha sequer sobre os versos da escritora. Tinha o ar de uma vingança.

Naquele dia, Maurício de Groot andava pelos salões do Copacabana Palace com o peito empinado e, durante o café da manhã, dava baforadas em seu charuto que atingiam em cheio a mesa vizinha onde, circunspeto, Carlos Drummond de Andrade tentava ler um jornal. Foi quando vi essa cena, o frágil Drummond quase sufocando na fumaça de Groot, que comecei a planejar uma pequena vingança em defesa de Adelaide.

Na noite anterior, eu tinha lido o mais recente livro da poeta, "Fogo fatídico", e estivera a ponto de dar razão a Groot. Ela era, de fato, uma poeta sofrível, com versos tão originais quanto uma batata, mas isso não dava a Groot o direito de atacá-la. Quando Adelaide atravessava o salão de estar rumo ao mezanino desprendia uma aura de dignidade imperial; ia se apoiando na bengala de cedro e distribuía sorrisos que me pareciam sinceros. Não era justo.

Não sabia bem ainda o que fazer quando, num lanche, cruzei com meu amigo Ricardo David, que acabara de traduzir do francês, para seu uso pessoal, pois esse é seu grande *hobby*, um belo poema de Théophile Gautier. A idéia se formou rapidamente dentro de mim. Pedi que David me desse uma cópia de sua tradução, que datilografei com esmero, tratando apenas de trocar a assinatura, de Gautier para Adelaide de Nefasi.

Com minha arma, fui à caça de Groot, que tomava um uísque de fim de manhã no bar da piscina, falando horrores de Kafka e acenando com tal entusiasmo que mais parecia manipular um papagaio. "Sr. Groot, veja que belo poema tenho nas mãos", eu lhe disse. Ele me tomou o papel e, sempre curioso, concentrou-se na leitura. Conforme lia, ia empalidecendo, pois o nome de Adelaide de Nefasi estava fixado bem no alto, em letras imensas. Groot podia ser um safado, mas era um grande leitor. Não poderia negar que se tratava de uma pequena jóia e, quando terminou a leitura, me disse: "Esconda isso."

Disse a Maurício de Groot que entendia seus temores, que era toda sua reputação que desabaria se aquela pequena preciosidade passasse a circular por mãos inadequadas, e depois de amassar o papel, atirei-o numa lata de lixo. Ele rastejou até a lixeira e meteu as mãos entre cascas de bananas e restos de sanduíches para resgatar, e depois destruir aos pedacinhos, o poema de Gautier. Em seguida, como se nada tivesse acontecido, perguntou: "Aceita jantar hoje comigo e com a sra. De Nefasi?"

O NARIZ DO PRÍNCIPE PERFEITO

Não acredito que existam histórias que sejam apenas tolas. Mesmo naquelas aparentemente mais estúpidas, creio, pode-se encontrar, quase sempre, uma pegada de seriedade. Posso provar com um relato pessoal. Há algumas semanas, dei uma festa à fantasia. Para não destoar dos convidados (pois em festas à fantasia quem não se fantasia é o verdadeiro exibicionista), e na esperança de passar despercebido, fui ao Mundo Teatral e aluguei uma complicada roupa de sultão. Era abafada demais para o verão e, a cada meia hora, eu precisava me trancar no banheiro, me despir e me refrescar.

Não chegou a ser uma experiência espetacular, mas me deixou bastante feliz com minha própria capacidade de romper vícios civilizados para conviver com o ridículo. Teria me esquecido da festa, e de suas conseqüências benignas, não fosse a visita inesperada da sra. Pessegueiro. "Estou muito preocupada com meu marido", disse a sra. Pessegueiro, que veio à festa fantasiada de Sophia Loren. "Desde ontem, ele se recusa a despir aquela roupa".

Na noite anterior, o recatado Lino Pessegueiro chegara aqui em casa trajando uma complicada mistura de brocados, colares e ombreiras que vinha a ser, era o que ele garantia, a roupa do Príncipe Perfeito – sim, ninguém menos que D. João II, de Portugal. Era uma fantasia imponente que quase não passou na escada e obrigava seus interlocutores a conservar uma distância prudente. A sra. Pessegueiro, aproveitando-se da imobilidade do marido, dançou quase a noite toda com um professor de judô, mas isso já é outra história, e basta por enquanto a que decidi relatar, que já é bastante sinuosa.

Tudo teria sido perfeito não fosse a insistência de Lino, quando chegou em casa, de continuar vestindo sua roupa de D. João. A sra. Pessegueiro foi obrigada a dormir no sofá da sala, pois não caberia num leito tomado por insígnias, pedrarias e babados. Na manhã seguinte, foi obrigada a tomar café da manhã com um príncipe, que lhe fazia reverência e galanteios e, bastante enfezado, exigia a presença dos pajens. Ela chamou o médico da família, mas Lino se trancou num quarto e não o recebeu. Pensou em chamar uma ambulância para dementes, mas temeu o escândalo e, sem alternativas, tentou se conformar com o príncipe que tinha em casa. Desnecessário dizer que isso era impossível e, julgando-me em parte responsável pela bizarra tragédia de seu marido, veio me procurar. Sabia que havia ali, também, o sintoma de uma estafa (ele trabalhava demais na seguradora e ela sempre lhe dizia isso), acrescido de alguma ferida psicótica recalcada que agora, numa explosão, emergia – mas ainda assim a sra. Pessegueiro me culpava.

E eu também, pois estudei com jesuítas, esses fazedores de culpa, e logo me julguei responsável pelo príncipe. Decidi então acompanhar a sra. Pessegueiro até em casa. O lamentável Lino me recebeu em seu trono e fui obrigado a me ajoelhar e lhe beijar os pés. Aquilo era constrangedor, e tive até vontade de chorar, mas era preciso ser prático. A pobre senhora, ela sim, estava à beira do pânico. "Ou você faz alguma coisa, ou enlouqueço junto com ele", ameaçou. E eu aceitei a ameaça.

Passei, como fazemos nos asilos e nos carnavais, a tratar meu amigo Lino por Sua Majestade. Tentava ganhar tempo, pois o tempo, nessas situações, é tudo com o que contamos. Até que me dei conta de uma coisa: sobre a barba prateada que Lino Pessegueiro mantinha presa à face, sobrevoava (o verbo era esse, pois não parecia fazer parte do rosto) seu velho nariz de *boxeur*. Lino lutou boxe na juventude e, numa das lutas, quebrou o nariz, que lhe ficou pelo resto da vida amassado e retorcido. Esse apêndice asqueroso era, agora, o único vestígio que restava de seu passado.
"E esse nariz?", perguntei sem grande entusiasmo. "Nariz?", ele perguntou. "Qual?" Era minha chance: "Ora, esse seu nariz de *boxeur*", eu disse, metendo o indicador em sua cara. O príncipe perfeito arrastou-se até o espelho para investigar a súbita imperfeição. Ficou apalpando o nariz, torcendo-o, tentava emprestar-lhe novamente o desenho reto que tinha perdido, mas aquele apêndice horroroso voltava sempre para o mesmo lugar – ou para a ausência de lugar.
"O que esse nariz faz aqui?", ele me perguntou então. "Ora, é seu nariz", respondi. Mas Lino parecia não acreditar. E passou a dar, primeiro, pequenos beliscões nas narinas, depois pequenos socos que, num crescendo, se transformaram em grandes apertos, como se estivesse fazendo um suco de laranja. A coisa chegou a tal ponto que nos vimos obrigados a imobilizá-lo. E só então Lino, derrotado, começou a chorar.
Despiu a roupa de príncipe logo depois e, sem dizer uma só palavra, mas com a vergonha estampada no rosto, e o nariz vermelho, foi dormir.

PRINCÍPIOS DA
DITADURA DE ELEVADOR

    O porteiro me olhou com um ar que mesclava espanto e dó. Eu estava completamente encharcado, os cabelos escorridos sobre a cara, sapatos que mais pareciam poças de couro. Ainda me sacudi um pouco, como fazem os cachorros, enquanto esperava o elevador. Ao meu lado, um casal desconhecido, indiferente à tempestade, reclamava da alta do dólar. Um menino chegou carregando um embrulho. Enquanto eu segurava a porta para que ele pudesse entrar, uma velha veio se arrastando pela portaria e, atrás dela, um rapazote magro, com os cabelos espetados e uma camiseta em que estava escrito: "Estou louco."
    O elevador começou a subir, mas, na altura do quinto andar, ouvimos um estrondo e ele parou. Com a queda de energia, a cabine ficou presa entre dois andares. O rapaz soltou um palavrão e o homem interferiu: "Fique quieto." Depois gritou várias vezes, em ritmo compassado: "Socorro, socorro", e dava murros e pontapés na porta, mas só tinha o silêncio como resposta.
    Demorou algum tempo até que uma voz respondesse: "Fiquem calmos. Caiu um raio na casa de energia. A luz vai demorar a voltar." Nada mais a fazer. No escuro absoluto, eu não podia ver a expressão dos outros, o que, em vez de me afligir, me aliviava. Assim não seria preciso ver a cara

desesperada da velha, ver as caretas do rapazote, ver o homem e a mulher se beijando, que era a única coisa que podiam estar fazendo.

Até que o marido disse: "Mantenham-se calmos. Vocês devem seguir minhas instruções." Senti que tinha experiência de comando, no caso inútil, pois nada havia a governar naquele metro quadrado de escuridão. "Quero que cada um diga o seu nome e suas atribuições", ele prosseguiu, em tom solene. A velha foi a primeira: "Ivete, funcionária pública aposentada e espírita." A mulher, só para cumprir os desejos do marido, continuou: "Olívia, técnica em alimentos." E, vacilante, completou: "Sem religião, embora seja batizada." O rapaz, com a voz em chiado, gritou: "Não vou fazer parte dessa palhaçada", mas o homem tratou de corrigi-lo: "Diga logo, seu moleque, senão eu...", quando um segundo estrondo, ainda mais forte que o primeiro, fez o elevador tremer.

Talvez querendo nos consolar, o menino tratou de responder, com a voz muito calma: "Eu me chamo Marco Antônio e sou bom de futebol." Só então, provavelmente para proteger o garoto, e também para se vingar, o rapaz mais velho respondeu: "Eu me chamo Spock e vim de Alfa Centauro." Logo um soco fez o elevador balançar e eu me senti obrigado a interferir: "Não seja covarde." Mas o marido não se importou e ainda disse: "E você também cala a boca."

Sou um otimista e logo decidi que a briga, pelo menos, servira para liquidar com aquele interrogatório que, além de inútil, era ridículo. E também como distração, naquela espera tão maçante. Mas eu sabia que o homem trataria de encontrar uma outra maneira de exercer seu controle, e não me enganei. Logo veio com a idéia: "Agora vamos distribuir tarefas." Eu não podia imaginar que tarefas ele poderia exigir de nós dentro de um elevador, mas nada comentei.

"É bom que só dois fiquem sentados de cada vez", ele ordenou, e senti que se dirigia a mim, pois eu tinha acabado de me agachar. Continuei onde estava, mas não posso negar que um leve tremor passou a sacudir meus joelhos. O rapaz era bem corajoso e me ajudou: "Esse sujeito deve ser maluco." Não preciso dizer que foi esmurrado de novo e dessa vez tive que encontrar espaço para me lançar sobre o marido. O rapaz também lhe dava uns chutes, a velha dava gritos e o menino, boas gargalhadas. "Será que vocês não vêem que vamos despencar nesse poço?", a mulher interferiu, para nos salvar.

Permanecemos congelados, estátuas invisíveis, agora todos estirados no chão, pernas sobre pernas, bafos misturados, o perfume barato de alguém a azedar o ambiente. Por fim, a luz voltou e o elevador começou a subir. A claridade me ofuscava e não pude ver a cara do marido, que saltou dois andares acima. Assim que a porta se fechou atrás dele, a velha suspirou alto. O rapazote completou: "Que sujeito insuportável." Era mesmo um alívio.

Cheguei em casa, tomei um banho, um café rápido e saí novamente, pois tinha um compromisso no centro. Na recepção, o porteiro me perguntou: "O senhor cruzou com os policiais?" Disse que não e perguntei que diabos a polícia fazia no prédio. "O senhor não soube? Houve um crime". Logo que entrou em casa, e depois que o marido ordenou que ela fizesse um relato por escrito, em três vias, dos últimos acontecimentos, Olívia, a técnica em alimentos, pegou um martelo de cozinha e, pelas costas, atacou o marido. Golpeou sua cabeça com a pose de cozinheira, como se ele fosse um coco, ou uma noz.

ESQUECE DAS PALAVRAS, FICA COM AS PALAVRAS

O pastor ergueu a bengala, apontou para o teto e disse: "Esquece das palavras, fica com as coisas." Olhei para cima e vi um lustre em forma de navio, que balançava ao vento. Era uma luminária com braços arcados, lâmpadas em forma de velas e apliques sem polimento. Meus companheiros de visita pareciam perplexos. Sim, o lustre navegava ao sabor do vento forte, e talvez isso os espantasse. A mim, não.

Caminhei até a janela e observei a paisagem da Tessália. O céu estava carregado, parecia o interior de uma panela de pressão – mas como poderei saber como é o interior de uma panela de pressão? Dizemos coisas arbitrárias, tentando definir o que não pode ser definido; a língua é tão fraca, serve para tão pouco.

O pastor nos guiava, há quase duas horas, na visita à Catedral de Vento, assim chamada por causa dos largos campanários, imensas portas e uns balcões góticos que se empilham nas paredes. Mas eu não conseguia me concentrar em nada. Passei então a observar as mulheres que, curvadas nos genuflexórios, na posição de cápsulas, resmungavam alguma coisa com Deus. Nada mais me interessava.

Mas na manhã seguinte, sem o que fazer, retornei à catedral. Postei-me de novo embaixo do lustre, examinei suas hastes arqueadas pela artrite, as velas falsas a navegar, os ornamentos náuticos roídos. Eu via o lustre, o teto, e as sombras do lustre no teto, nada mais que isso. Até que, ao longo da haste mais torta, notei uma inscrição que a ferrugem se encarregava de roer. Andava precisando trocar de óculos, não podia ler o que estava escrito. E tive que pedir ajuda a um rapazinho que varria dedicadamente o chão da catedral.

"Está escrito: – Esquece das coisas. Fica com as palavras", ele recitou, sem precisar olhar para o lustre. Era exatamente o contrário da frase pronunciada, sob aquele mesmo lustre, pelo pastor. Era seu desmentido. "E o que isso quer dizer?", perguntei. Sugeriu que eu me dirigisse ao gabinete dos fundos e perguntasse diretamente ao sacerdote.

O velho pastor estava debruçado sobre uma mesa, jogando paciência. Postei-me diante dele, esperando que me desse atenção, mas parecia arrebatado pelas cartas e não podia me ver. "Posso interrompê-lo?", tomei coragem e perguntei. Não respondeu e, apontando uma poltrona com a bengala de serpente, fez sinal de que eu devia me sentar.

Transcorreu um bom tempo sem que o sacerdote fizesse qualquer menção de abandonar as cartas. Abaixava uma dama, arrastava um ás, voltava a empilhar e a distribuir. E eu esperando. Passei a me distrair observando a sala. Até que, sobre a mesa, no alto, deparei com um lustre bastante parecido com o que adornava a nave central. O pé direito era mais baixo e eu podia enfim ler a inscrição. Dizia: "Esquece das coisas, fica com as palavras." Eu estava de volta à primeira frase.

"Agora você pode ir", o pastor disse de repente, sem sequer erguer a cabeça. Disse com tanta firmeza, com tanta convicção, que o obedeci sem vacilar. Na saída, cruzei com o rapaz, que continuava a varrer o chão da Catedral de Vento. Notou minha perplexidade e tentou me consolar: "O pastor gosta de assustar os outros com as palavras", ele explicou. E, vendo que aquilo não me animava, prosseguiu: "Ele não precisa de armas, não precisa de facas, de nada. As palavras lhe bastam."

Confessou-me depois que era o próprio sacerdote quem, regendo complicadas operações de desmonte, fazia descer os lustres, pintava aquelas frases com as mãos trêmulas, e depois ordenava que as envelhecessem artificialmente antes que as luminárias fossem recolocadas em seu lugar. As frases enferrujadas faziam a fama da catedral. Cada visitante saía, sempre, com uma frase, ou pedaço de frase, na cabeça. E elas nunca combinavam. Era assim que o pastor exercia seu poder e que a Catedral de Vento, atraindo turistas de todo o mundo, conservava sua mística. Era chamada também de Catedral das Palavras Ocas.

"Esquece das palavras, fica com as coisas", a frase maldita ressoava em minha cabeça, como se outra pessoa a dissesse, ou ela ecoasse de uma máquina que eu fosse incapaz de desligar. Talvez fosse isso o que eu devia fazer: esquecer das palavras. Mas e a outra frase? "Esquece das coisas, fica com as palavras", estava escrito também. Com qual das duas ficar?

Talvez agora eu pudesse entender o nome da catedral. As palavras são o vento. Voam para lá e para cá, contorcendo o sentido, desmentindo-se, mudando de forma, só para nos enlouquecer. Quem sabe, eu poderia resolver as coisas assim: "Esquece das palavras, fica com as palavras." E quando for coisa, ficar com a coisa. Cada coisa e cada palavra em seu lugar.

O HOMEM DA
MENTE CIRCULAR

Um tio distante me telefona. "Tenho lido suas crônicas. Acho que só você pode me ajudar", diz. São perigosas as conclusões que leitores tiram do que escrevemos. Já fui tomado por filósofo, médico charlatão, poeta envergonhado, eremita, psicólogo, falsificador compulsivo, sacerdote. Mas eu não podia negar ajuda a um tio que perdeu a esperança e fui visitá-lo.

Esse tio tem um filho mais velho apelidado Yuca. Há mais de um mês, o rapaz se trancara no quarto de empregada, de onde se recusava a sair. Só aceitava que lhe levassem comida, água e um recipiente para as necessidades fisiológicas. Não tomava banho, nunca acendia a luz e não falava com ninguém. Tornara-se um bicho.

Muito constrangido, meu tio relatou a história de Yuca. Desgostoso porque uma namorada o abandonara, meu primo resolveu que se desfaria de todos os bens materiais para viver "só para as essências", como definiu. Como não soubesse dizer com certeza a que essências se referia, foi tratando de despir, um a um, os sinais de civilização. Primeiro, abandonou o emprego. Também deixou o curso de italiano e a academia de ginástica. Declarou que jamais voltaria a pisar no barbeiro, no médico, no alfaiate e no psicanalista. Queimou documentos, fotografias e rompeu relações com parentes e amigos.

Tudo consumado, via-se finalmente livre, já que não tinha mais ambições, ou laços que o prendessem ao mundo. Chegara à felicidade do desapego. Mas a verdade era que ainda assim se sentia prisioneiro. Tinha se transformado em prisioneiro da liberdade. Não ter vínculos com o mundo, chegar à máxima indiferença, viver sem prisão alguma era, agora Yuca podia entender, a pior das prisões.

Achou que a única forma de escapar dessa nova prisão era voltar atrás. Tomou dinheiro emprestado, comprou um terno, barbeou-se e foi procurar emprego. No caminho, parou numa loja de loteria e fez algumas apostas. Já se preparava para seu primeiro dia de trabalho quando foi avisado de que ganhara uma pequena fortuna.

Recebeu o prêmio, comprou uma mansão, mobiliou-a e ergueu cercas eletrificadas. Comprou roupas elegantes, arrumou uma namorada nova, deu uma grande festa de retorno – mas no meio da festa foi atingido por uma depressão brutal. Tinha aceito as correntes que delimitam a vida e se libertado da obsessão pela liberdade. Mas nem assim se sentia livre.

Voltou a abandonar tudo mais uma vez. Doou todos os bens a orfanatos, deixou a barba crescer, passou a se vestir com trapos. Fez todo o esforço que pôde para se libertar do desejo, afinal tolo, de se libertar da liberdade.

Logo passou a ser procurado por peregrinos interessados em seus ensinamentos. Dizia-se que levitava, o que evidentemente não era verdade. Em um mês, estava na capa de uma importante revista mensal.

E precisou desmentir-se mais uma vez. Depois de cortar cabelo e barba, renegar tudo o que tinha dito e insultar seus seguidores, Yuca trancafiou-se no quarto de empregada. Ele se sentia refém de um círculo irremediável, um caminho no qual, fosse qual fosse a decisão que tomasse, retornava sempre ao mesmo lugar. Então, ficaria no quarto, isolado de tudo, protegido do caráter circular da vida, que a tudo traga. Para escapar do círculo, concluíra, só lhe restava a paralisia.

Foi esse homem imóvel e sem esperança que fui visitar naquela tarde.

A área de serviço estava tomada pelo vapor fétido que emanava do quartinho de empregada. "Agora ele deu para andar em círculos", meu tio me disse, "passa o dia dando voltas no quarto." O tio levara médicos, analistas, pastores, mas Yuca se recusava a recebê-los. Repetia uma única frase: "O mundo é circular e os círculos não têm saída."

Pedi, em nome de nossos aguados laços de sangue, que ouvisse meu pedido. Seria apenas um e depois poderia me ignorar para sempre. Não sei por que, pareceu interessado. Podíamos ver sua sombra pelas frestas da porta, ele era um homem destruído. Então, com toda a firmeza que pude simular, eu lhe disse: "Agora ande em linha reta." Riu, torcia-se em gargalhadas, mas nem assim eu me intimidei: "Vamos, ande", repeti. "Vá sempre em frente".

Yuca andou em linha reta até a porta, abriu-a e saiu para a área de serviço. Abraçou o pai e começou a chorar.

Não devia ter relatado essa história, pois amanhã me tomarão por um homem com poderes especiais, o que será uma grande estupidez. Fiz apenas o que devia ser feito, que é o que nem sempre se faz.

SÚMULA DE AULA
DE FOTOGRAFIA

*E*xistem três maneiras de relaxar diante de uma máquina fotográfica, me diz o sr. Zacarias, que tem um velho estúdio de retratos na Praça Osório. A primeira, que elimino sem pestanejar pois não tenho vocação dramática, é concentrar-se na câmera, dialogando com ela como se fosse um confidente, ou uma amante. A segunda, menos teatral, consiste em dobrar-se à ilusão de que nem a máquina, nem o fotógrafo estão ali, recurso que exige um grau de alheamento de que sou incapaz. A terceira, que o sr. Zacarias julga a mais difícil, mas também a mais eficaz, é deixar que a mente se leve por alguma fantasia, de modo que o real seja expulso de cena.
    É o que tento fazer diante da câmera do sr. Zacarias, enquanto ele toma uma breve série de fotos que devo entregar a meu editor como material de divulgação de meu próximo livro. Seguindo ao pé da letra os procedimentos que o fotógrafo me sugere, trato de doar-me ao mais puro devaneio, deixando a mente vagar por uma história qualquer.
    Estou em uma rua, talvez a Rua XV, e corro apressado, é a primeira imagem que me vem à mente. Deixo-me levar por ela, como se estivesse de olhos fechados e o avesso de minhas pálpebras fosse uma tela de cinema. Lá estou eu, esbarrando em desconhecidos, olhando para um lado e

outro, buscando alguma coisa. Devo estar ansioso para chegar a algum lugar, ou ao contrário estou fugindo de alguém, porque atravesso as ruas sem olhar para os carros, dou saltos esquisitos e pareço ofegante.

Por que estaria com tanta pressa? Talvez tenha, eu cogito, um encontro amoroso, desses em que a paixão nos arrasta pelas orelhas; mas estou na verdade com uma expressão cansada, de desânimo. Talvez esteja só com muita fome, e acelero os passos para chegar a um restaurante. Mas, e se estiver fugindo? Posso estar escapando de um assaltante, hipótese em que não corro para chegar, mas para me safar.

Algumas quadras à frente, entro em uma galeria comercial, mas não me dou ao trabalho de olhar as vitrines, nem pareço interessado em procurar alguma loja em particular. Corro, simplesmente, atropelando as pessoas, que resmungam depois de minha passagem, esbravejam, ou fazem o indicador dar pequenas voltas à altura da testa, sinalizando que estou louco. Um dos elevadores está justamente com a porta aberta, mas prefiro subir pelas escadas. Subo de dois em dois degraus, sem medir as conseqüências de meus saltos; tenho os olhos franzidos, talvez de desespero, ou até, quem sabe, de felicidade, já que os sentimentos, quando levados ao extremo, costumam se assemelhar.

Três ou quatro andares acima, embrenho-me em um corredor precariamente iluminado; as portas trazem afixadas tabuletas que não consigo ler, e mesmo a numeração das salas está dissolvida na penumbra, de modo que não devo estar procurando um endereço, ao contrário, só posso concluir que sei exatamente onde quero chegar. É um corredor longo, em curva, de forma que perco a noção do quanto avancei ou, se ele se fechar em um círculo, do quanto retrocedi. Há um cheiro de feijão no ar, logo depois diluído em um forte odor de amônia; uma mulher passa carregando uma vassoura.

Até que, agora posso ver com nitidez, um homem surge atrás de mim, corre em minha direção. Sim, ele tenta me alcançar, me persegue com o fôlego que lhe resta, pois tem os cabelos grisalhos e a postura um pouco curva; mas está obstinado e não parece disposto a desistir. Quando se aproxima um pouco mais, posso ver que carrega alguma coisa, talvez um porta-jóias roubado, começo a especular, ou uma caixa de disquetes contendo gravações criminosas, talvez um pequeno cofre.

Agora que chega mais perto posso vê-lo melhor: ele carrega uma arma que aponta em minha direção. Não é uma arma, é uma máquina fotográfica antiga, quadrada, enferrujada, e o homem que me persegue é o sr. Zacarias. Uma luz espoca em minha cara quando me viro para ter certeza de que é ele mesmo. Um *flash*, que me paralisa. Dou um grito: a mão trêmula e quente do sr. Zacarias me acaricia o ombro. "Fique calmo", me diz, "a sessão de fotos terminou".

Vá se entender nossas cabeças. Para me abstrair de algo que me incomodava, fantasiei exatamente aquilo que me incomodava, ou seja, o sr. Zacarias me perseguindo com sua câmera – e ainda assim, consegui derrotar o medo.

Dias depois vou pegar as fotos, que ficaram bem boas. Desço pela Rua XV com a sensação de dever cumprido e de repente, sem nenhum motivo, sem que eu mesmo possa entender, começo a correr sem olhar para trás.

O AMIGO SECRETO
DE FRANZ KAFKA

Ninguém conhece José Ribamar Martins. No entanto, José Ribamar Martins foi, provavelmente, o único homem que chegou realmente a conhecer Franz Kafka. Há um excelente livro que não me canso de ler, *Conversações com Kafka*, do esloveno Gustav Janouch, que traça o retrato mais perfeito dentre tantos que conheço do autor de *A metamorfose*. Mesmo nele, porém, não encontrei uma só menção, nem sequer uma referência passageira, à amizade que uniu Kafka a José Ribamar, num processo de anulação que, não vejo outra palavra a usar, é quase kafkiano.

Posso entender os motivos que levaram Gustav Janouch a agir assim. Seu livro pretende ser, e realmente é, o mais íntimo registro já escrito a respeito da vida do autor de *O processo*. É um livro extraordinário, que leio na versão espanhola, das Ediciones Destino, de Barcelona, saboreando cada uma das 350 páginas e retardando, desse modo, o desfecho; o que é desnecessário porque já cheguei ao fim por três vezes e mesmo assim não parei de ler. Janouch se orgulha de sua relação com Kafka e, certamente, não desejou submetê-la ao desmerecimento das comparações. Quem, em seu lugar, teria agido de outra maneira?

Acontece que José Ribamar Martins é meu pai. Quando eu tinha 19 anos e decidi sair de casa, para consolá-lo, eu lhe dei de presente um exemplar da *Carta ao pai*, de Kafka. A escolha desse livro, naturalmente, guardava também uma referência à relação sempre penosa que tivemos. Mais de dez anos depois, quando meu pai faleceu e fui ajudar minha mãe na dolorida tarefa de organizar seus pertences, encontrei, entre suas cuecas, o livro que lhe dei. Achei que era justo tomá-lo de volta.

Uma noite, num momento de nostalgia, passei a folheá-lo. Para minha surpresa, as páginas estavam anotadas à mão, por uma letra pequena e torta, uma letra de miniaturista, ou de um homem muito envergonhado, a letra de meu pai. Pensei, a princípio, que fossem comentários de leitura; depois descobri que, na verdade, meu pai aproveitou os espaços em branco do livro, que talvez nem tenha chegado a ler, para relatar o dia em que ele, quando ainda era só um rapaz, conheceu Franz Kafka.

Meu pai, que nasceu em 1906, ano em que Kafka se formou em Direito, tinha então 17 anos. O encontro se deu, posso concluir, no ano de 1923, quando Kafka estava com seus 40. Pelo que pude deduzir das anotações, pois a letra, de tão pequena, às vezes se converte só num bordado, meu pai viajou a Paris, e depois a Praga, acompanhando um padrinho endinheirado. Esse padrinho, que era advogado e comerciante, fazia uma viagem de negócios e levou meu pai, o amigo secreto de Kafka, para exercer as funções de secretário.

As notas de meu pai são dispersas, nem seguem uma ordem cronológica, de forma que fui obrigado a ir colando os pedaços, arriscando montagens e simulações, até encontrar algum sentido. Pelo que pude concluir, meu pai, sempre assessorando o padrinho, que ele chamava apenas de dr. Moutinho, foi apresentado a Kafka numa confeitaria de Praga. Franz Kafka também não era o personagem principal: limitava-se a acompanhar um senhor corcunda, de olhos esbugalhados – quem sabe seu próprio pai.

Igualados pela função de simples secretários, Kafka e meu pai passaram a maior parte do lanche em silêncio, tendo trocado só algumas amabilidades, além de dois ou três comentários sobre o frio, que era mesmo muito severo. Houve apenas um momento em que estiveram a sós: quando se cruzaram no lavatório masculino. Kafka olhou para meu pai e disse: "Ele parece ser um homem muito prepotente", ao que meu pai, menos para revidar e mais para dizer a verdade, respondeu: "Tive a mesma impressão a respeito de seu chefe." Trocaram então um sorriso triste, de cumplicidade, e na saída, encarando-o de novo, meu pai disse: "Acho que um laço misterioso nos liga", ao que Kafka respondeu: "Sim, somos escravos." Não sei em que língua eles se comunicaram, pois meu pai falava apenas o português – e é aqui que a história começa a me inquietar.

Depois, trocaram algumas cartas, e meu pai reproduziu muitas delas nas páginas seguintes do livro, já com canetas diferentes, ou a lápis. Não encontrei, no entanto, qualquer pista das cartas que ele teria recebido de Kafka. Já me advertiram que, a rigor, meu pai devia ser apenas um contista encabulado, que usou um livro que admirava, e cuja origem tinha um significado profundo, para seus rascunhos de ficção. É uma hipótese legítima, talvez a mais provável, mas prefiro dar crédito apenas às mensagens que ele deixou anotadas nas bordas do livro que lhe dei, sabendo que um dia eu o tomaria de volta. E acreditar que meu pai foi, na verdade, o maior amigo secreto de Franz Kafka, tão secreto que Kafka jamais o conheceu.

SOBRE A EXISTÊNCIA DOS
BENS INTOLERÁVEIS

Nesta vida não padecemos só dos males, mas também dos bens; assim como há males que excedem a paciência, assim também existem bens que se tornam intoleráveis. A reflexão não é minha, eu a li em *As cinco pedras da funda de David*, um dos mais tardios sermões de Vieira, datado de 1676. Devo dizer que as palavras não são bem essas, mas é assim que consigo recordar o que o padre Vieira escreveu. Por ser agnóstico, ou ter pelo menos uma visão estritamente pessoal de Deus, deve parecer estranho que eu cite um trecho dos *Sermões*; mas nada há de extravagante nisso. Vieira é um desses casos de gênio em que o discurso da fé é só um pretexto para a celebração da palavra. Seus sermões são, na verdade, poemas envergonhados.

Mas por que justo hoje fui recordar esse trecho dos *Sermões*? É que pela manhã, após muitos anos, reencontrei uma velha amiga de faculdade que, contrariando sua formação acadêmica, tornou-se não jornalista, mas cantora lírica. Cristina Alexandra é o que se pode chamar de uma mulher feliz: casou com um empresário simpático, que ouve Mozart de olhos fechados e recita Bandeira antes de dormir, tem dois filhos de cabelos fortes como a tâmara e vive numa casa com petúnias vermelhas nas janelas, coelhos e doninhas que saltam pelos jardins e uma horta com rúculas, hortelãs e pimpinelas.

Seu marido, Leonel, é um livreiro muito popular e foi no balcão de uma de suas lojas, enquanto folheava um atlas da Lua, que eu a reencontrei. Convidou-me para um café em seu pequeno escritório, quando falou dos filhos, das vendas promissoras, do marido por quem ainda era apaixonada, até que, numa interrupção súbita, perguntou se eu me importava que trancasse a sala. Depois disse: "Quero que você seja minha testemunha." Abriu então uma gaveta, de onde tirou um colar de pérolas foscas, que estirou sobre uma bandeja; com uma tesourinha, soltou as pérolas, agrupando-as num pires e, em seguida, com pequenos goles de café frio, engoliu uma a uma, como se fossem aspirinas, até o colar desaparecer.

Em seguida, pedindo que eu não atribuísse a sua atitude nenhum conteúdo erótico, desabotoou a blusa. Ao descer o sutiã, vi que seus seios estavam pontuados por pequenas agulhas, como facadas, e que os mamilos estavam presos em gargantilhas de latão, como forcas. De uma caixa de cristal, retirou mais algumas agulhas, que espetou no peito. Depois, voltou a se vestir e só então, massageando a face com raiva, externou sua dor.

"Por que você faz isso?", eu consegui, enfim, perguntar. Ainda não foi dessa vez que Cristina Alexandra me respondeu, mas seus olhos piscavam num ritmo arrebatado, querendo me dizer alguma coisa. Abrindo a bolsa, retirou uma espécie de ratoeira, um pouco maior que as armadilhas que usamos para caçar roedores; armou-a diligentemente sobre a mesa para, em seguida, acioná-la e oferecer seus dedos como presas. Só então, com as unhas degoladas e as pontas dos dedos brancas, soltou um levíssimo grito, que me fez lembrar vagamente uma ária da *Tosca*.

"O mundo precisa de ordem", ela me disse, enfim, com uma expressão solene. "Devemos sofrer do sofrimento, e não da alegria". Desligou o abajur e, deixando que o sol do fim de tarde nos envolvesse num fulgor macio, se pôs a falar. Sabia que era uma mulher feliz, mas a felicidade às vezes era tão forte que doía. Para compensar, mergulhava numa banheira cheia de cubos de gelo, praticava hipismo só porque tinha horror a cavalos, às vezes dormia sentada e com as luzes acesas, dava voltas seguidas, até a náusea, em montanhas russas e só guardava as fotografias em que realmente não aparecia bem. Se o bem lhe fazia mal, era preciso que o mundo voltasse a ser como devia ser, isto é, que o mal voltasse a se originar do mal.

Não chorou, nem me pediu segredo a respeito do que vi. Minha amiga, é claro, não se chama Cristina Alexandra, que é apenas o nome da rainha sueca a quem Vieira dedicou seu sermão; nem mesmo é cantora lírica, na verdade tem uma péssima voz. É uma mulher satisfeita, que padece de bens intoleráveis e deseja só um pouco de miséria, de desconforto, de perturbação para ter certeza de que está viva. Não sei se Vieira quis dizer isso, mas a felicidade só ganha nitidez quando posta em contraste com o mal; a felicidade pura é tão intolerável, tão obscena, que se parece com o vazio e até com a infelicidade.

Tratando de reler o sermão de Vieira, descubro que o que ele desejou dizer foi bem outra coisa. Fiquei só com uma frase solta, tortuosa, que lhe roubei para desvirtuar. Também eu tirei da palavra o seu contrário e é só assim, tomando atalhos perigosos, desviando-me, avançando na contramão, que consigo escrever. Por isso, Cristina Alexandra, eu te compreendo.

SONHOS, COMETAS E CASTIÇAIS

Tenho certeza de que guardei dois castiçais de estanho em algum lugar do escritório, mas onde estarão? Por sorte ainda não anoiteceu e, mesmo que a energia elétrica custe a voltar, não estou às escuras, pois ergui as persianas e uma claridade fosca, quase opaca, entra pelos vidros. Mas devo estar preparado e por isso procuro meus castiçais de estanho, que ganhei de presente do escritor Adolfo Bioy Casares na última vez em que o visitei, em Buenos Aires, dois anos antes de sua morte.

O tom prateado dos castiçais, Casares me advertiu, evocam o luar e por isso, mesmo quando desprovidos de velas, ainda assim conseguem disseminar luz. Recordo-me que Bioy Casares os retirou de uma pequena gaveta de sua escrivaninha. Alguns lápis, pois ele já tinha as mãos trêmulas, rolaram para o chão e, enquanto me agachei para apanhá-los, o escritor me contou que os castiçais lhe foram dados por um certo Viegas, poeta bissexto e malfalado, por ser um apreciador de hienas, venenos e psicopatas, e a quem, apesar disso, ele muito admirava.

Viegas contou a Casares que comprou os castiçais em Portugal, numa loja do Rocio, e que a vendedora lhe garantiu que tinham vindo de Bombaim; apesar disso, Bioy Casares sempre preferiu considerá-los, apenas, castiçais portugueses. Já eu prefiro falar de meus castiçais de estanho, pois o estanho me parece um material impróprio para um castiçal, e por isso mesmo digno de referência. Preferimos sempre as coisas que não combinam com nossas expectativas e por essa razão, desde menino, sempre admirei as negras de olhos azuis, os eclipses e os cães mudos. Sim, existem cachorros que não conseguem latir e essa carência os torna parecidos com os cometas, que têm um aspecto ameaçador, mas não passam de um amontoado inofensivo de partículas e gases.

Começa a anoitecer, já não há mais luz, a passagem de nenhum cometa está prevista para hoje e eu ainda não encontrei os castiçais, então sou obrigado a fixar minhas velas em um pires. Os castiçais desapareceram, Bioy Casares, que me deu os castiçais, também desapareceu; mas continuam bem vivas as coisas que ele me disse na última vez em que nos vimos. Disse-me, por exemplo, que o sonho não passa de um exercício noturno de loucura. Quando alguém enlouquece, um momento antes, pensa: "Esse mundo me é familiar. Eu o visitei em quase todas as noites de minha vida." Em outras palavras: a loucura não é a entrada no desconhecido, mas no conhecido, só que ele está fora do lugar.

Por isso, quando temos a sensação de sonhar, mas estamos despertos, sentimos um tremor na razão, Casares me disse ainda, e mais tarde descobri que ele se limitava a repetir uma idéia de Humberto Huberman, narrador de *Os que amam, odeiam*, romance policial que escreveu a quatro mãos com sua mulher, Silvina Ocampo. Bioy Casares misturava livremente a realidade e os livros, sem nenhum espírito de censura, desinteressado em fixar limites, sem nenhum recato intelectual. Problemas de fronteiras não lhe diziam respeito.

Mas por que, aqui sentado no escuro, sem meus castiçais de estanho, deixei que os pensamentos derramassem nessa direção? Por que buscava dois castiçais e fui pensar nos sonhos e em sua semelhança com a loucura? Talvez porque, posso cogitar, esses dois castiçais de estanho que ganhei de presente de Adolfo Bioy Casares nunca tenham existido; quem sabe, eles são apenas o resto de alguma história que ele me contou e que ficaram esquecidos, como farelos de um bolo, em minha memória.

Talvez até Bioy Casares seja só o personagem de um sonho que milhares de leitores compartilham, embora seus livros existam e eu os tenha quase todos diante de mim. Sim, ele existiu, porque eu o visitei em Buenos Aires; e ele me deu de presente dois castiçais, que, portanto, existiram também. Só preciso encontrá-los e é nisso que devo me concentrar.

Meu Deus, que estrago a escuridão faz no pensamento! Os leitores que me acompanharam até aqui já devem estar irritados, porque hoje estou imprestável, incapaz de contar uma história, uma aventura, de relatar uma experiência, como devem fazer os cronistas. Também, o que poderiam esperar de um homem sentado no escuro, a apalpar objetos à espera da luz que não volta?

Apego-me à lembrança de Bioy Casares que, quando não conseguia cumprir sua cota diária de trabalho, pois se obrigava a escrever religiosamente duas páginas de ficção por dia, fingia que aquele dia não tinha existido, ou não suportaria a culpa por não ter escrito. Teve assim uma existência cheia de hiatos, com dias que saltavam e outros que simplesmente eram cancelados; e não via nenhum absurdo nisso, porque o que o lhe importava não era que as coisas tivessem existido ou não, mas que pudessem ser transformadas em histórias.

MEDITAÇÃO SOBRE O CALOR DAS PALAVRAS

Costumo ter pesadelos com elevadores sem freios, anjos privados de asas e jatos comerciais desgovernados, sofro de alergia a baratas, salgadinhos, cuecas de seda e mertiolate e nem sempre aceito minha imagem quando me olho no espelho. Sou hipocondríaco, é verdade, então metade desses males deve ser imputada à força de minha imaginação. Metade não. A outra parte, a mais importante, talvez mereça uma explicação bem simples. Sou, como qualquer homem, uma vítima das palavras, de seu fulgor, de seu poder de desgaste, do modo como elas podem nos submeter e governar.

Ocorre-me, a meu favor, que é ridículo pensar que sou hipocondríaco se me compararem, por exemplo, ao repórter Bartolomeu Sáurio, que trabalhou comigo no *Mundo Ilustrado*. Era um sujeito manso, que jogava basquete, não comia carne vermelha e, mesmo quando o provocavam, e apesar dos olhos redondos, conservava uma placidez tibetana. Era sempre escalado para casos impossíveis e se saía bastante bem. Um dia, ganhou de presente um dicionário da língua portuguesa. Maldita hora. Bartolomeu entregou-se ao jogo, muito estimulante para quem mexe com palavras, de abrir o livro ao acaso e, fazendo-o de oráculo, encontrar revelações. Um acaso malicioso o levou à palavra sáurio, seu sobrenome, e Bartolomeu Sáurio fez uma expressão murcha, de esgotamento, quando descobriu o significado nela contido.

Os sáurios, ele passou a saber, são répteis cordados, escamados, com um osso quadrado, vértebras móveis, língua partida e órgão copulador duplo, que se arrastam pelas pedras e se dissimulam nas frestas dos desfiladeiros. São, numa expressão mais simples, os lagartos. Depois dessa revelação, Bartolomeu Lagarto (assim passou a ser chamado) nunca mais foi o mesmo. Impôs-se uma disciplina férrea, digna dos obsessivos, que repetem sempre os mesmos rituais para se livrar da surpresa e do prazer; mas nem assim deixou de sofrer. Sua pele adquiriu, aos poucos, um tom esverdeado; algumas vezes, enquanto escrevia suas reportagens, era visto com a boca aberta, a língua imensa circulando pelos lábios, como um chicote.

Foi uma vítima, mais que da hipocondria, das palavras, açoitado por um nome que já carregava, mas que, até aquele dia, era apenas um invólucro vazio; preenchido, o sobrenome passou a moldar a vida de Bartolomeu Sáurio, que passou a dele sofrer, como sofremos de uma alergia, ou um vício. Algumas dúvidas ainda o consolaram quando, num restaurante, conheceu uma certa Magali Gamarra que, apesar do sobrenome que, aliás, divide com um zagueiro célebre, jamais se deixou afetar por seu significado. Gamarra é a correia que se amarra à cabeça do cavalo para que ele não a levante em demasia; Magali, apesar disso, sempre andou de cabeça erguida e, ainda mais, não suporta usar gargantilhas, colares de pérolas e lenços de pescoço. Desmente assim seu sobrenome, até o ironiza. Bartolomeu pensou que podia fazer o mesmo, mas logo percebeu manchas difusas surgirem em sua pele, as unhas crescerem, a cabeça que ficava mais quadrada. Nunca mais o vi, mas me disseram que se mudou para os Andes e se tornou alpinista, o que não deixa de ser outra maneira de se sujeitar ao nome que carrega.

Bartolomeu Sáurio é uma prova viva do que as palavras podem fazer com um sujeito. Um amigo, que se analisa com um lacaniano, me disse que tenho pesadelos com elevadores porque o elevador "eleva a dor". Não, não me refiro a esses jogos de palavras tão franceses, falo de algo que se passa mais abaixo, e que é mais simples, e que é mais devastador. O problema é que as palavras fixam os significados – basta ver o que fazem com elas os dicionários. E ali, congelam, perdem seu calor, transformando-se em etiquetas, dessas que grudam para sempre. Ao descobrir o que é um sáurio, Bartolomeu arrastou para dentro de si uma série de significados fixos, que colaram em seu espírito; e, porque é impressionável (mas quem não é?), tratou de encontrar dentro de si mesmo provas da existência de tais atributos – e, no abismo das palavras, todas as idéias se relacionam, qualquer coisa pode estar em qualquer lugar, então tudo é possível.

Pobre Bartolomeu, que deixou escapar o calor das palavras, perdeu-o, e delas fez cubos de gelo. Que esqueceu que palavras podem ser mastigadas, retorcidas, desdobradas, e deixou, ao contrário, que elas o asfixiassem, pois, em vez de saboreá-las, ele as engoliu.

O QUARTO PONTEIRO
DOS RELÓGIOS DUPLOT

Diante de situações imprevistas, breves sustos ou grandes golpes, minha amiga Maria José do Rosário tem o hábito de dizer: "Há sempre mais um. Quando se pensa que são três, são quatro; que são quatro, são cinco; que são cinco, são seis". É sua Teoria do Mais Um, como eu costumo chamar, e ela sorri deliciada. Nunca levei realmente a sério, no entanto, a pequena tese de Maria José, posição que agora, acossado pelos fatos, sou obrigado a reconsiderar.

Ganhei de presente de meu tio Plungêncio, a quem raramente vejo, um relógio original da marca Lucas Duplot. Tentei descobrir referências do fabricante, seu endereço comercial, seu país de origem, mas nada consegui. Descobri que existe um escritor francês, residente em Toulouse e especializado em escândalos, chamado Didier Duplot. Há ainda um sacerdote, radicado no Mosteiro dos Ventos, que se chama Daniel Duplot. Ambos me garantem que jamais ouviram falar de Lucas Duplot, o fabricante de relógios.

Fiquei particularmente intrigado com um pequeno detalhe, que a princípio me pareceu só um pormenor decorativo, ou um deslize de fabricação: o relógio de pulso Duplot que ganhei de meu tio Plungêncio tem quatro ponteiros. Um para as horas, outro para os minutos, o terceiro para os segundos, mas de que serve o quarto? Na era dos relógios digitais, esse ponteiro a mais (Maria José diria: esse "mais um") se parece com um deboche.

Não vejo tio Plungêncio há mais de vinte anos, nem tenho muita certeza de que ainda esteja vivo, embora o presente que me enviou devesse ser considerado uma prova disso. Mas com meu tio, que foi mágico na juventude e depois se tornou falsificador, as coisas nem sempre são como parecem ser. Posso ter recebido o relógio e ele, na verdade, já ter morrido, caso em que o relógio seria na verdade uma herança. Bem, eu tinha o relógio e isso já era bastante complicado.

Minha amiga Maria José, a princípio, não levou muito a sério meu Duplot, e nem mesmo lembrou-se de aplicar sua Teoria do Mais Um, preferindo julgar que se tratava de uma brincadeira de mau gosto, ou de um defeito de fabricação. Ponderei que jamais ouvira falar dos relógios Lucas Duplot, o que a levou a pensar, então, num jogo intelectual armado por algum artista. "Você sabe como eles são", comentou. Achei que essa podia ser uma boa explicação, já que não havia outra.

Mesmo assim, passei a usar meu relógio Duplot, e aquele quarto ponteiro sempre girava, girava, como um cachorro que me pedisse um pote d'água. Notei, com o passar dos dias, que ele se movia cada vez mais rápido. Tinha uma velocidade irregular e por isso dificilmente se podia acreditar que servisse, de fato, para medir alguma coisa. A velocidade do quarto ponteiro acelerou até que não consegui mais usar meu Duplot, pois ele trepidava em meu pulso, e então eu o guardei numa caixa de jóias.

Certa noite, acordei com um zumbido que vinha de uma gaveta do armário. Levantei-me, abri o armário e puxei a gaveta. A tampa de meu porta jóias latejava como um coração; era uma batida irregular, num ritmo elétrico, e a caixa tremia e saltava. Quando a abri, meu Duplot saiu girando pelo quarto, como um cometa desgovernado, até cravar-se no teto. Ali, numa pane abrupta, todo o seu mecanismo deixou de funcionar, menos o quarto ponteiro que agora reluzia, mais parecendo uma fagulha cósmica.

Com muito esforço, consegui desgrudar o relógio do teto e, ainda de pijamas, desci até o apartamento de Maria José do Rosário, que mora dois andares abaixo. "O que devo fazer?", eu lhe perguntei. Depositei meu Duplot sobre a mesa de jantar, onde ele continuou a pulsar, e toda a força vinha daquele quarto ponteiro, uma agulha dourada, tomada por uma luz de origem incerta.

Maria José não se abalou. Pegou-me pela mão e me conduziu até o térreo, onde o condomínio cultiva um pequeno jardim. No meio da noite, de cócoras, cavou um buraco em que enterrou o quarto ponteiro, que já estava mesmo solto, mas ainda tremia, talvez de medo. Imediatamente, o relógio voltou a funcionar.

Subimos e minha amiga me preparou um chá de damasco. "Aí está o Mais Um", me disse. "E para que serve?", eu perguntei. "Para nos livrarmos dele e a vida então voltar a ser deliciosa e normal", Maria José respondeu. E, de fato, era uma noite bem comum, com lua nova, estrelas azuis e uma brisa morna.

O HOMEM QUE
SABIA PORTUGUÊS

*F*oi Tim Rescala, o músico e comediante, quem, nos bastidores de um teatro em que se encenava uma opereta de sua autoria, me apresentou a Zábulon Kirov, o homem que sabia português. Julguei, a princípio, que meu amigo Rescala estivesse confundindo o personagem de sua opereta (homônima a essa crônica) com a simples realidade (pois artistas costumam ceder a essas misturas nocivas). Não dei muita atenção a Kirov, que me pareceu um sujeito sem atrativos, até que ele, enquanto tomávamos um café no *foyer*, pronunciou em alto e bom tom, e com sotaque muito nítido, a frase: "Estamos em pleno mar..." Numa tradução literal, ela significa: "Estamos em pleno mar..." Era, não havia dúvida, o mais cristalino e imaculado português, a língua que eu julgava perdida para sempre.

Vivemos hoje cercados de citações e de intelectuais que se enfeitam com notas de rodapé, fato que me levou a concluir, numa decisão tomada entre a pressa e o medo, que esse era o caso de Zábulon Kirov. Não, eu não podia acreditar que ainda hoje alguém fosse capaz de falar o português, uma língua primitiva, desinteressante e provavelmente morta que, historiadores de prestígio chegam a cogitar, talvez jamais tenha sido falada fluentemente, mas apenas em círculos muito restritos e por seguidores de seitas e grupos étnicos que habitavam, em outros tempos, a fronteira oeste da península ibérica.

Ao contrário deles, pesquisadores mais ousados chegam a garantir que o português foi exportado para a África e que chegou até mesmo a um país distante, chamado Bramil, Prasil, ou ainda Brasil, segundo as diversas escolas de interpretação. Prefiro ficar com o primeiro nome, Bramil, que é mais sonoro, já que o segundo parece designar na verdade um medicamento e o terceiro, de pronúncia tão rascante, não poderia ser o verdadeiro. Pois bem: nesse país, Bramil, o português teria sido falado fluentemente durante vários séculos, sendo seu desaparecimento tão misterioso quanto o dos dinossauros.

A curiosidade, vício precoce de que nunca me livrei, levou-me a convidar Zábulon Kirov para um jantar em minha casa. Como testemunhas, convidei três escritores que tenho em alta conta: Robert Stein, o historiador americano que pesquisou a libidibi, Zelda Carlsberg, a autora do célebre *Fala baixo que não sou surda*, e Altamirano Pong, poeta decadente, filho de uma dançarina de rumba com um deputado que cometeu haraquiri, mas homem respeitável. Durante a refeição, por uma questão de higiene, limitamo-nos a falar o romeno, língua românica que os quatro dominamos com fluência. Mas, depois da torta de javali, e já diante da lareira, pedi a Kirov que, se não fosse abusar de sua gentileza, nem fazer dele um personagem de circo, nos recitasse alguns trechos do português.

Antes de fazer sua demonstração, meu convidado explicou que aprendeu essa língua com seu bisavô paterno quando tinha apenas cinco ou seis anos de idade, e por esse motivo podia falar o português com desenvoltura. Parecia um homem muito lúcido, mas Stein balançava as pernas em sinal de aflição, Zelda Carlsberg franzia as sobrancelhas douradas com desconfiança e Pong, que é dado a crendices orientais, parecia meditar para se livrar do constrangimento. Eu mesmo ainda não podia crer que Zábulon Kirov, apesar de seu prestígio como lingüista e do prêmio que recebeu recentemente em Moscou, fosse mesmo capaz de falar o português. Podia, talvez, conhecer os rudimentos da língua, mas como dominar tantos verbos irregulares, tantos aumentativos esdrúxulos, tantas palavras de múltiplos sentidos e ainda ter certeza de que a pronúncia era mesmo aquela? Antes de iniciar sua exibição, Kirov pediu que eu desligasse as luminárias, deixando aceso apenas um pequeno abajur, pois o português, ele explicou, é uma língua frágil, que exige brandura. Sugeriu também que puxássemos nossas cadeiras para mais perto, de preferência em círculo, e que, se não fosse pedir muito, déssemos as mãos. Foi o que fizemos, sem poder espantar o sentimento de mau presságio. Zábulon Kirov ergueu-se e, com as mãos nas cinturas, postou-se bem no centro do círculo de ouvintes. Abriu a boca, respirou fundo. E estava prestes a pronunciar a primeira palavra, da qual ouvimos apenas um fragmento, algo como "socor...", quando desmaiou. É obrigatório registrar, com consternação, que jamais voltou a si.

O MENOR ROMANCE
DO MUNDO

Meu tio Hugo foi um homem de poucas palavras e de gestos lentos, esfumaçados, como se usasse uma mordaça não na boca, porque sempre disse o que pensava, mas no coração. Desde menino gostava de observá-lo enquanto caminhava pelo jardim de nossa casa em Teresópolis, arrastando os pés pelo gramado, postura que me fazia lembrar do andar ranheta dos patos e do vôo brando experimentado pelos anjos.

Depois que enviuvou, tio Hugo decidiu também se aposentar; meu pai o acolheu na velha garagem desativada no fundo de nosso jardim e ele a transformou em ateliê, decorado com luminárias que, na escuridão, lembravam pássaros que tivessem engolido bolas de fogo. E, já que nada mais tinha a fazer, meu tio decidiu tornar-se romancista.

Eu o vi, noite após noite, debruçado sobre uma barulhenta olivetti, que ele golpeava com dedos de maestro, dedicado a escrever um romance misterioso, que a família só poderia ler depois de pronto. Revelar o que se faz enquanto ainda se faz, meu tio assegurava, é uma forma de aborto. Fazer e falar exigem tempos diferentes, ou se anulam.

No entanto, como eu era só um garoto distraído com meus aviõezinhos de madeira, meu tio não se importava que eu ficasse num canto do ateliê, a observá-lo. Ia colecionando em minha memória suas expressões de desânimo, sua ira, seus tremores, pequenos sinais, eu julgava, da história que ele se empenhava em escrever. E foi assim que, ainda menino, imitei-o inventando uma longa aventura que envolvia astrólogos, mordomos e elefantes. História que, eu dizia, devia coincidir com o romance de meu tio – romance que, na verdade, nunca li, ou melhor (mas o leitor entenderá depois), do qual só li uma frase.

Numa tarde de chuvas, em que as janelas do ateliê batiam com força, as árvores se curvavam reverentes e meu cachorro, Olavo, babava sob a mesa da cozinha, tio Hugo me chamou. Trancou a porta à chave, abriu uma gaveta e exibiu, satisfeito, os originais de seu romance, que estava pronto, faltando só encontrar um título. Perguntei se já havia uma data para publicação. "Não, primeiro preciso revisá-lo", limitou-se a dizer.

No ateliê de meu tio havia uma cesta de palha, alta e desengonçada, que servia de lixeira para papéis. Toda manhã, enquanto ele ainda dormia, eu entrava no ateliê e via, espantado, as maçarocas de papel, tiras, pontas e partes arrancadas do romance, que meu tio lançava na lixeira durante a madrugada. Jamais tive coragem de ler algum daqueles trechos desprezados, do que muito me arrependo; nem fui capaz de perguntar a meu tio o que afinal se passava com seu livro.

Noite após noite, vigiando da janela de meu quarto, porque eu fui um menino que sofria de insônia embora hoje seja um adulto que consegue dormir até mesmo em elevadores e restaurantes, vigiando dali, eu não podia mais ouvir as marteladas da olivetti, mas só um grande silêncio. Não, meu tio não estava reescrevendo seu livro, dedicava-se apenas a cortar e a cortar, como um escultor com seu martelo; e, se isso fazia sentido, ou parecia fazer, também me parecia muito perigoso. E eu estava certo.

Chegou a noite em que, ao entrar no ateliê para levar uma xícara de chá, minha mãe deu aquele grito, medonho, que ainda hoje reverbera em meu estômago. Meu tio Hugo estava caído no meio da sala, o rosto derramado no assoalho, os pés retorcidos como os de Carlitos, mãos espalmadas e duras, feitas de sorvete, eu cheguei a pensar. Nós o enterramos; durante longas noites eu chorei de saudades, e só muito depois meu pai e eu tivemos coragem de, com as mãos dadas, entrar novamente no ateliê.

Sobre a mesa, vi uma pasta, que trazia afixada uma etiqueta com uma só palavra: "romance". Enquanto meu pai recolhia no armário as roupas que seriam doadas a um asilo e Olavo farejava pelos cantos ainda na esperança de que meu tio viesse a aparecer, eu abri a pasta, aflito para ler o romance em que tio Hugo trabalhara durante tantos anos.

Havia uma única página, datilografada impecavelmente, em que estava escrito: "Vera foi, desde cedo, muito delicada e por isso, por ser quase transparente e não saber lidar com o mundo, ela se matou." E logo depois, em letras graves, vinha apenas a palavra "fim".

AMAR É DAR O QUE NÃO SE TEM

Aos dezessete anos, apaixonei-me por uma moça cinco anos mais velha que eu. Chamava-se Ruth e falava uns erres presos que me afligiam. Ela também se dizia apaixonada, mas não sei, jamais pude saber, o que de fato queria de mim. Eu me examinava no espelho, via aquelas sombras que germinavam sobre meus lábios, um buço ridículo de rato, e as espinhas roxas que me perfuravam as bochechas, escorregando até o pescoço, como uma chuva de sangue. Magro, nariz grande, cabelos mal cortados, eu era feio, enquanto Ruth era tão bela. Algo devia estar errado.

Ruth estudava psicologia, o que me intimidava ainda mais, pois eu me sentia devassado por seu faro de especialista. Levava os seios apertados em coletes de veludo, próprios da época, derramava um cheiro de hortelã sobre meu nariz, que estava sempre voltado para o oriente, efeito de um soco que nunca levei, talvez um golpe que me atingiu ao nascer (e sempre trazemos marcas, límpidas, dessas primeiras ausências). Os pêlos que saíam de meu peito em torno dos mamilos, ainda bastante femininos, e mesmo os fios mais ásperos que cresciam no baixo ventre, nada daquilo parecia indicar que eu estivesse preparado. Ruth não era para mim e eu sabia disso.

"Por que você foge?", ela me perguntou um dia, enquanto jogávamos uma partida de xadrez. "Não fujo", eu neguei, "só não tenho como me aproximar". Achei que aquela resposta, que me saiu feito um jorro, deveria bastar e que a partir dela Ruth descobriria que era um grande engano desejar alguém tão desprovido de atrativos quanto eu. Ela ficou olhando os peões de madeira espetados sobre o tabuleiro, cheios de símbolos e de perguntas, alisou a dama com as unhas vermelhas e, enquanto eu tratava de pensar em outra coisa para fugir sem me mover, limitou-se a dizer: "Você ainda vai descobrir."

A partir desse dia, passei a me examinar ainda com mais cuidado no espelho; às vezes, com a porta chaveada, ficava longas horas diante dele, uma superfície oval um tanto enodoada pelo tempo, a me perguntar o que eu, afinal, tinha a oferecer a Ruth, que já tinha até um namorado, André, médico formado, dono de um carro conversível e de olhos desmaiados e com músculos nos braços. Enquanto eu, com meus bíceps de caniço, só podia lhe dar um olhar envergonhado, completamente vazio, cujo único significado era o medo. Eu, que nem sabia o que desejava ser – mas sabia o que desejava ter, e era isso que me devastava.

Ruth, no entanto, parecia não desistir de me provocar. Talvez quisesse apenas atiçar em mim um sentimento que, no fim das contas, lhe faria bem. Se não cedia, e parecia até desinteressada, também não recuava, de modo que essa atitude ambígua vinha travar os sentimentos que se espalhavam em meu interior, deixando-os foscos, e minha respiração presa. Com o passar do tempo, e o desgaste a ele inerente, eu sabia que precisava resolver aquele sentimento, dar-lhe um fecho, fosse qual fosse.

Então, tomei toda a coragem que não tinha e chamei Ruth para uma conversa. "Está precisando de ajuda em álgebra?", ela me perguntou, entre a gentileza e a hipocrisia. Mas eu estava decidido a ser direto e, sem me dar ao trabalho de agradecer, apenas perguntei: "O que, afinal, o que você quer de mim?" Parece que essa era a frase que ela tanto desejava, pois não controlou um sorriso de alívio, que se aproximou da maldade. Encarou-me com olhos duros, de manequim, e, quebrando as palavras pelo meio, por puro descaso ou sufocação, disse: "Quero que você me dê o que não tem."

E sorriu, um sorriso que até hoje, tantos anos depois, ainda posso ver: cheio de dentes castiços, com um hálito que, de tão viçoso, se aproximava do vento. Eu não poderia entendê-la e por isso não esperou minha resposta; deixou o tabuleiro ali mesmo e, dando-me as costas, se foi. E lá fiquei eu, completamente só, um anão de jardim disfarçado de rapaz. Tinha apenas essa frase, que ao longo da vida muito me serviu, e que até hoje me ajuda não a entender, porque o amor não se entende, mas a enfrentar o que ele carrega atrás de si. É só porque nos arriscamos a dar o que não temos que viver, enfim, é possível.

EXERCÍCIO DE DESAPONTAMENTO

Ao longo da vida de cronista, acumulei além de muitas alegrias algumas decepções, mas poucas tão agudas quanto a provocada, há alguns dias, por um comentário do leitor G., que é dono de um sobrenome notável demais para ser revelado. Disse-me ele, no intervalo de uma mesa-redonda de que participei em Porto Alegre, que me considera um sujeito sem caráter, a quem não se deve confiar, nem mesmo, a guarda de um saco de lixo. Foi exatamente isso o que afirmou, mas, afora a grosseria, o que mais me chocou foi o modo como ele estava realmente desapontado comigo.

O leitor G. sempre acompanha minhas crônicas, o que é uma deferência que deveria compensar tudo o que estou sentindo, mas não compensa. Diz ele que continua a lê-las, mas já não estou bem certo disso. Por que continuar a ler coisas escritas, como ele diz, por um mentiroso? A não ser que isso, que ele entende como mentira, se o irrita tanto, também lhe dê algum prazer.

Argumenta ele que, ao ler o que escrevo, já não sabe mais quem está escrevendo. Toda semana, o leitor G. forma de mim uma imagem, que na semana seguinte, invariavelmente, se desmancha. Deveria talvez trabalhar no cinema como responsável pela continuidade. Vigiar os elementos de um filme para que não percam a coerência é um trabalho tão digno quanto qualquer outro. Não, não faço essa sugestão para ofendê-lo, mas sim para reconhecer uma qualidade, pois a desatenção é um mal cada vez mais comum.

Acontece que isso aqui não é um filme, é uma crônica. E mesmo que fosse um filme. Minha fotografia fixada aí no alto, e minha assinatura na abertura do texto, aparentemente fornecem aos leitores uma garantia de coerência. Eles podem supor, e isso é mais do que justo, que é sempre a mesma pessoa que escreve a crônica das terças-feiras. E essa é a pura verdade. Não existe rodízio de autores, nem assino essa coluna com pseudônimo. Esse nome de fato é meu e essa cara, com todos os seus defeitos, é minha também.

Ocorre que, como todas as pessoas, não sou sempre a mesma pessoa. A cada semana me sinto de um jeito, tenho a sensação de que sou um sujeito diferente. Costumamos guardar essas oscilações só para uso privado e, para não ter que nelas pensar, sempre que devemos nos identificar dizemos: "Sou fulano de tal." E tudo parece bem sensato. A vida é cheia de pequenos artifícios, ou não suportaríamos vivê-la. Somos seres dissimulados, e é bom mesmo que não andemos por aí atirando na cara dos outros tudo o que pensamos, pois o mundo ficaria intolerável.

Mas, quando nos pomos a escrever, essas fissuras, essas falsificações, esses jogos logo se revelam. O melhor então é tratar de não disfarçá-los, mas, ao contrário, adotá-los como algo que faz parte de nossa natureza, ou melhor, como o sentido mesmo dessa natureza. É o que me esforço para fazer – e isso deixa o leitor G. muito irritado. Contudo, não ajo assim para importuná-lo: exibir essas metamorfoses é só um modo, talvez desajeitado, de buscar cumplicidade.

Tenho em minha mesa de trabalho uma pequena esfinge de ferro, que trouxe da Grécia. Com seu corpo de leão, suas asas imensas e face e busto humanos, ela deveria ser o retrato perfeito da incoerência. Triste engano. Sempre que a olho, está na mesma posição, expondo sua contradição cansativa, seu eterno assombro, e jamais me espanta. Não falo aqui das pessoas que acham que basta ser diferente, ou agir com originalidade, ou chocar, para que o mundo volte a ser interessante. Conheço escritores céticos, músicos narcisistas e críticos raivosos, e que me conste nenhum deles, mesmo em dissonância com o mundo, chega a nos surpreender. A questão não é divergir, mas se espantar. Temos que nos acostumar ao sobressalto, ou a vida se torna mesmo calamitosa.

Assusto-me comigo todas as manhãs quando, com os traços ainda nebulosos, posto-me diante do espelho para escovar os dentes. "Quem sou hoje?", eu me pergunto. Mas não fico esperando a resposta, porque ela seria uma espécie de coleira. Prefiro bem mais a liberdade, ainda que, às vezes, ela nos leve a decepcionar os outros, como meu pobre leitor. Não chego a grande coisa, é verdade, mas a vida não é isso?

A FELICIDADE
NÃO TRAZ A FELICIDADE

    Ninguém é feliz, temos apenas momentos de felicidade. A frase, de Rachel de Queiroz, me remete a outra, ainda mais aflitiva, que meu amigo Humberto Werneck gosta de repetir: "A felicidade não traz a felicidade", ele costuma dizer, e é do contra-senso que a sentença tira sua força. Nunca entendi o que é a felicidade, e por isso as frases de Rachel e de Humberto não se dissolvem em meu espírito. Ao contrário, ficam boiando, pequenos cubos de gelo a me espetar, incapazes de derreter e se deixarem tragar por minha mente.
    Sinto-me feliz muitas vezes, mas em cada uma dessas vezes o sentimento de felicidade está ligado a uma coisa. Mesmo quando me sinto feliz, não ouso dizer, nem em segredo, que encontrei a felicidade. Sim, existem muitos dias em que a vida me parece vazia, em outros sinto uma pressão sem causa que me escava o peito; às vezes choro por coisas insignificantes, o que não é muito masculino; outras, não suporto as misérias exibidas na TV, a que eu já devia ter me acostumado.
    E, no entanto, sinto-me feliz, o que posso fazer? Contudo, a felicidade nem sempre é reconfortante, nem sempre traz a felicidade. Conheci um homem, cujo nome

esqueci de propósito, que confirma essa tese. Esse homem feliz tem tudo o que alguém pode desejar. É belo e forte, tem uma mulher sensível, filhos amorosos, vive numa casa de pedras no topo de uma montanha e, como recebeu uma herança de família, só trabalha por prazer. Passa os dias pintando telas abstratas, enquanto seus perdigueiros fuçam a terra, os filhos banham-se num lago e a mulher, recostada numa rede de palha, lê Ovídio. Aparentemente, nada lhe falta; mas algo lhe falta, tanto que nem toda essa felicidade faz dele um homem feliz.

Talvez, para ser realmente feliz, este homem precisasse ser um pouco infeliz. Não, não estou debochando, ou fazendo um jogo sujo com as palavras. Parece uma estupidez afirmar que só a infelicidade traz a felicidade, mas é exatamente isso que os fatos, e em particular aqueles que atropelam esse sujeito que conheci, me levam a concluir. Sem um bom bocado de infelicidade, como saber quando estamos felizes? Esse parece ser o caso do homem a que me refiro: a felicidade se transformou para ele em algo tão uniforme, um sentimento tão previsível, que deixou de ter qualquer interesse. Se a tem sempre à mão, já não precisa esperar por ela, nem mesmo desejá-la; a felicidade está sempre disponível, e é sempre o que o espera, até o fastio. Tornou-se, de algum modo, a razão de sua infelicidade.

Não vou fazer como a esposa desse homem que, um dia, por entender o que se passava com ele, resolveu provocar uma série de pequenas infelicidades na vida do marido, certa de que só assim ele se sentiria feliz de fato. De um modo muito discreto, passou a lhe causar pequenos mal-estares e desconfortos. "Você está com olheiras, o que houve?", disse na primeira vez. Ele foi até o espelho, forçou as bochechas para baixo, como se quisesse arrancá-las e disse: "Olheiras? Talvez você tenha razão..." Em sua pregação de pessimismo, a mulher passou a comentar, seguidamente, que o marido andava um tanto curvo, que seus cabelos estavam quebradiços, que sua pele parecia amarelada e seu humor, péssimo. "Talvez você devesse procurar um médico", sugeriu um dia. O homem feliz visitou seu médico, que nele encontrou uma saúde perfeita, mas ainda assim continuou desassossegado.

Aos poucos, começou a se sentir infeliz, sem saber exatamente a razão, passando a conviver com uma dúvida que depois se converteu numa obsessão e, por fim, transformou-se numa moléstia. Só a partir daí, ele começou de fato a valorizar as coisas boas que lhe aconteciam e que ele nem percebia, ou achava que eram apenas os fatos da vida. Mas nem assim a mulher interrompeu sua série de decepções provocadas. Passou a encontrar defeitos graves nas telas do marido, a apontar falhas imperdoáveis em sua maneira de lidar com os outros e por fim, começou a dizer que às vezes, sem uma razão muito nítida, achava que não gostava mais dele.

O que ela desejava aconteceu: quanto mais se deprimia, mais meu amigo se sentia feliz – ou, dito de outra forma, mais era capaz de perceber a presença da felicidade. Até hoje, quando lembra desse período de pequenas torturas, a mulher se enche de orgulho. Afirma ter encontrado, em definitivo, a prova de que só a infelicidade traz a felicidade – e acho que está mesmo certa.

O PASSADO E A LUA SEMPRE VOLTAM

Nos fins de tarde em que não pratico meditação, ainda que muitas vezes nuvens compactas me obriguem a calçar galochas e a vestir uma capa de náilon, tenho o hábito de caminhar sem destino pelas ruas de meu bairro. Às vezes vou acompanhado por meu cachorro, Gaudí, que nem sempre está disposto a aventuras tão longas, preferindo ficar encolhido no divã de meu escritório, pois quando volto em geral já é noite alta.

Foi durante um desses passeios, quando parei para examinar a fachada de uma antiga casa polaca, as paredes em madeira grossa protegidas por um muro de heras com grandes rombos que se transformaram em tocas de doninhas, que ouvi pela primeira vez aquela voz. "Venha", eu escutei. Tinha um caráter brando, que se dissolvia num chiado semelhante ao das velhas vitrolas, de modo que as palavras pareciam mascadas e o tom, muito fraco, me levou a pensar nos murmúrios dos doentes nos hospitais.

Como o portão estivesse aberto, decidi entrar. Atravessei um jardim abandonado, repleto de trepadeiras cerradas, figueiras que se erguiam inseguras entre as nuvens e cactos com as bocas abertas e dentes incompletos. Alguns esquilos abrigavam-se sob um caramanchão cercado por um colar de pedras úmidas e, da cobertura de palha, pendia um sino de bronze. Num banco de madeira, com a estrutura já bastante retorcida, encontrei um exemplar do *Apocalipse*, aberto e marcado por um graveto de figueira. Não sou dado a superstições e, portanto, não achei que o livro configurasse um mau sinal, até porque, lido com distanciamento, o *Apocalipse* é superior a muitos romances célebres. A um canto, encostado em um vaso de cerâmica, havia um violoncelo, sem dúvida um belo instrumento, mas com as cordas esgarçadas demais para que ainda pudesse produzir música. Aproximei-me e vi que o livro tinha todas as páginas rabiscadas, a jatos de tinta negra, de modo que já não podia ser lido. Percebi ainda que o sino não tinha mais o badalo e que, ao ser empurrado pelo vento, produzia um silêncio que era bastante ameaçador.

Talvez a voz que eu tivesse ouvido fosse só o silvo do vento que, num jardim tão denso, circulava com dificuldades, desviando-se de troncos, caramanchões, grades ornamentadas, contorcendo-se para avançar. Era o mais provável, pensei, e ainda observei que a casa tinha as luzes apagadas e que pesados cadeados pendiam da porta. Pude ver também a camada de poeira grossa que cobria os parapeitos das janelas, o relógio da torre já sem os ponteiros, um trançado de lenha velha largado no chão. Era um cenário desagradável que, em mentes mais fracas, talvez se transformasse em desassossego; mas a mim, que não sou dado a temores vagos, só trazia conforto.

Depois de algum tempo, certo de que o passeio tinha valido a pena, resolvi voltar para casa. E esqueci da voz que me chamava. Fiquei muitas semanas sem retornar àquela rua, até que num sábado à noite, porque Gaudí estivesse inquieto, resolvi levá-lo para conhecer o jardim. Custei um pouco a encontrar o caminho e já estava a ponto de desistir quando avistei a torre em forma de pináculo que saía do topo do grande salão.

O portão da frente estava lacrado. Gaudí ainda ficou cheirando as bases de ferro, fuçando nas beiradas do muro enquanto eu, sem pressa, deixei-me estar ali, tentando ver alguma coisa pelas frestas, em busca de uma explicação qualquer. "Venha", voltei a ouvir, dessa vez com assustadora nitidez. Mas decidi que não me deixaria afligir pelo inexistente e, depois de circular duas ou três vezes ao longo do quintal, dei meia volta para casa.

Agora aqui estou, estirado em minha cama, a luz ainda acesa, enquanto Gaudí ressona deitado sobre o tapete marroquino, bem a meu lado. E, subitamente, uma lembrança me vem: quando eu era menino, na estrada que liga Teresópolis a Petrópolis, bem na Curva da Lua, havia uma casa exatamente igual àquela que descobri em Curitiba. Muitas vezes, eu a observava de longe, postado na soleira do portão, que estava sempre aberto, mas que jamais tive a coragem de ultrapassar. Dali, mais de uma vez, eu ouvi uma voz, que repetia uma única palavra: "Venha." E era esse convite, insistente e sem autor, que me impedia de entrar.

A MULHER
DE OLHOS FECHADOS

Logo no começo da Rua dos Iluminadores, dependurada no balcão de uma sacada em ferro retorcido, há uma tabuleta: "dr. Romeno – Investigador." Confiro o cartão que trago no bolso do paletó: o endereço, ainda que desmentido pela calçada sombria, está correto. A escada, estreita e muito íngreme, parece me prevenir que é mais seguro retroceder, mas não posso curvar-me a sentimentos tolos. Vou em frente.

Notei, ao caminhar rumo ao número 15, que a Rua dos Iluminadores afinal merece mesmo o nome que tem: é muito apertada, a luz tem dificuldade de descer até o pavimento em pedra fosca, tampouco as janelas das casas servem para aliviar a tensão que paira no ambiente. Restam as luminárias em forma de coroa, alçadas em postes antigos, que ficam acesas dia e noite.

No topo da escada há uma porta, que está aberta. Uma datilógrafa, com as unhas pintadas em bordô, parece muito concentrada em seus papéis. "dr. Romeno, por favor", eu digo e ela, contrariada, responde: "Espere um pouco, por obséquio." Acomodo-me num sofá antigo, vacilante, e sinto um vento, muito fraco, quase um assovio, que escorre sob minhas pernas. Há uma pequena abertura no chão, através da qual posso observar o que se passa na sala logo abaixo: um homem se arruma diante de um espelho, primeiro ajeita a borboleta, depois passa alguma gordura nos cabelos, por fim espana, com uma pequena escova de esquilo, o paletó. Agora parece pronto para sair.

Pouco depois, o homem aparece à minha frente: é o dr. Romeno. "Pode entrar", a secretária sugere, conduzindo-me à sala principal. No fundo do recinto, deparo com outra mulher, cabelos longos escorridos sobre os seios, que parece cochilar numa poltrona. Veste-se de modo clássico, um *tailleur*, blusa rendada, sapato alto com bico de íbis, trazendo as mãos cruzadas sobre o ventre, em posição oriental. Talvez esteja meditando, talvez esteja apenas cansada.

"Então, em que posso ajudá-lo?", o dr. Romeno me pergunta. Não poderia começar a tratar de um tema tão íntimo, no entanto, com aquela desconhecida bem atrás de mim; mas o dr. Romeno parece não perceber meu desconforto. "Talvez fosse melhor se...", eu começo, mas sou obrigado a me voltar porque ouço um ruído desagradável: é a mulher que pigarreia, mas nem assim se move, nem mesmo para proteger a boca com as mãos. Tosse sem compostura, numa atitude entre o descaso e o desamparo.

Volto-me para o dr. Romeno, que se mostra inquieto. "Talvez, se pudéssemos conversar em particular...", resolvo dizer. Por instantes, o investigador parece não compreender o que ouve, mas logo depois, como se eu estivesse louco, diz: "Então, que tal começar a falar?" Encaro mais uma vez a mulher, para sugerir que sua presença me intimida, mas ela continua de olhos fechados. Talvez seja uma secretária à espera do ditado, numa postura impessoal (e os olhos fechados reforçariam essa impressão), pronta para registrar nossa conversa para os arquivos do escritório. Ou, quem sabe, se trate apenas da sra. Romeno, acometida por uma dessas paixões sem lógica, ciumenta e enfraquecida, a vigiar o marido.

Acontece que não consigo falar – ainda que precise tanto falar. Minha história me engasga, congestiona a garganta e desce até a borda do estômago. O aperto parece insuportável e o dr. Romeno seria, me afirmaram, a pessoa certa para, nesse caso extremo, me ajudar. Mas não com aquela mulher de olhos fechados bem atrás de mim. "Não haveria uma outra sala?", ainda insisto, mas mal as palavras se formam, percebo o desespero do dr. Romeno, seu aborrecimento. "Sinto muito, mas seu tempo terminou", ele me diz, sem me permitir qualquer outra palavra.

Desço as escadas, encurvado, esquivando-me para não bater com a cabeça no teto de pinho, e quando chego de novo à Rua dos Iluminadores, a noite (que agora é verdadeira) me parece mais intensa que de hábito. Devo retornar ao hotel, levando aquele problema que não consegui resolver, não porque não encontrei quem pudesse me ajudar (o dr. Romeno é um profissional respeitadíssimo, até hoje me garantem), mas por causa daquela mulher silenciosa que, sem dizer uma só palavra, me impediu de falar.

UMA VISITA AO
SANATÓRIO DAS LETRAS

Na semana passada, falei de U. U., o escritor mais vaidoso que conheço. Pois lamento informar que U. U., depois de sofrer um inesperado acidente, chegou a ser internado num sanatório para doentes nervosos e que seu estado não é dos mais animadores. Caiu numa aguda "depressão literária" (assim o dr. Gog, um médico que é também membro da Academia de Letras, a definiu), provocada pela leitura inadequada, e má aplicação, de um texto de Jorge Luis Borges. Tento explicar: depois de ler *A imortalidade*, ensaio que Borges escreveu em 1978, U. U. decidiu aplicar em si mesmo as teses borgeanas. Apegou-se, em particular, a uma frase de Borges: "Estou farto de mim, de meu nome e de minha fama, e quero libertar-me de tudo isso."

Só U. U. poderia pensar em usar uma reflexão em que a fama e a vaidade são postas em questão, na esperança de se tornar ainda mais famoso e, assim, mais vaidoso. Mas foi exatamente o que fez. Seu raciocínio: se conseguisse libertar-se de seu nome, de sua fama e de si mesmo, conquistaria ainda mais prestígio. Decidiu, primeiro, mudar radicalmente de estilo e, em vez de romances, começou a escrever haicais. Depois, passou a dedicar-se a atividades inesperadas, que lhe partissem a imagem antiga e o ego, e escolheu a filosofia hindu, a matemática e o alpinismo. Foi praticando alpinismo que U. U., ao despencar de uma pedra, quebrou-se todo. Não corre risco de vida, nem de ficar aleijado, mas passou a sentir-se um fracassado.

Fui visitá-lo no discretíssimo Sanatório das Letras, uma instituição secreta, de registro confidencial, que funciona nos fundos de uma carpintaria, na fronteira de Pinhais. Corredores escuros, estofados em veludo e iluminados por tochas no estilo medieval, levam às celas individuais, na verdade confortáveis suítes com sacada, jardim de inverno e piscina térmica. É lá que escritores em crise criativa se internam para recuperar as forças e reencontrar a inventividade perdida.

Mas nem ali U. U. parecia feliz. "Não sei onde errei", me disse. "Segui à risca a receita de Borges, por que não deu certo?" Argumentei que as coisas não são tão simples, mas U. U. tem uma visão evolucionista da arte: ele acha que nada do que já se fez deve ser repetido, e só se interessa pelo novo, convicto de que assim preservará sua imagem de desbravador. "E onde você fica nisso tudo?", arrisquei perguntar. U. U. não pareceu entender minha pergunta e disse: "Eu fico? Eu quem?" Repeti que não estava preocupado com seus artifícios para provocar choque, ou obter admiração; mas, sim, com aquilo que tem dentro de si, aquilo que, desde menino (se é que tal coisa, em seu caso, existe) pede para ser escrito.

"Você não pode estar falando sério", U. U. me disse e, logo depois, começou a chorar como uma criança. Eu o abracei e aproveitei para dizer: "É exatamente disso, que sai agora nesse choro, que estou falando." Mas U. U. teve uma reação intempestiva, empurrando-me contra a parede. Achei que não iríamos mesmo nos entender e saí sem me despedir, mas antes fui cumprimentar o dr. Gog em seu gabinete médico.

Encontrei-o debruçado sobre *A imortalidade*, de Borges. "O que o senhor procura?", perguntei. "Se esse escrito provocou a doença de U. U., deve haver nele também o antídoto", o médico respondeu. Esperei em silêncio até que, dando um murro na mesa, o dr. Gog gritou: "Achei! Aqui está!" Recitou então o trecho borgeano: "Que significa nos sentirmos *eu*? Em que pode ser diferente eu me sentir Borges e vocês se sentirem A, B ou C? Em nada, absolutamente." Esperei que ele se acalmasse e perguntei: "E o que isso significa, professor?" O dr. Gog desenrugou as sobrancelhas e respondeu: "Significa que U. U. está curado. O que parecia uma doença é, na verdade, uma cura." Em outras palavras: o bem estava no mal. A doença borgeana de U. U., só me restou concluir, contaminara o dr. Gog.

U. U. continua deprimido, muito deprimido, mas agora afirma que está ótimo. Que a depressão, em seu caso, é a destruição do ego e que só aniquilando o ego um escritor chega a ser grande. Devo registrar que seus livros são cada vez mais deploráveis. E que ele adquiriu o hábito, desagradável, de erguer a camisa para mostrar as cicatrizes de sua queda, como se elas fossem uma medalha.

DISCURSO SOBRE A TRAIÇÃO

Senhores, eu disse assim que pude controlar o fôlego e que, seguindo os ensinamentos do dr. Gog, meu analista, consegui fixar a atenção num espectador inexistente que estivesse sentado ao fundo da platéia. Meus caríssimos senhores, continuei, agora com mais firmeza. E respirei fundo uma ou duas vezes, para ter certeza de que as palavras sairiam sempre no mesmo tom solene e conciliador. De resto, para enfatizar minha serenidade, ajeitei bem devagar o nó da gravata. Prezados senhores, eu repeti.
 Tenho passado por muitas experiências penosas, continuei. Mas não me recordo de ter sido posto à prova com tanto rigor, observei, sublinhando agora a melodia das palavras. Havia uma velhota logo na primeira fila, *tailleur* discretamente negro, um broche de borboleta saltitando sobre o busto, como se agonizasse, que me olhava com particular atenção. É provável que, por ser a única mulher na sala, estivesse indignada já que não usei o célebre "senhoras e senhores", mas apenas o mais masculino "senhores". Talvez, ao contrário, tenha até apreciado minha simplificação.
 Aliás, parecia mais viril que todos os homens presentes, com seu topete atrevido, a maneira dura com que

agarrava a bolsa de crocodilo, e a ausência de maquiagem que lhe conferia uma aparência militar. Era sem dúvida uma mulher de fibra, até porque bufava como se viesse de uma maratona. Chamavam-na, apenas, de dra. Pompilha. Eu a encarei. Por isso, senhores, aqui estou para me defender, prossegui. Nunca em minha vida me senti tão sozinho, admiti também. Sei que minha permanência nessa instituição está por um fio, mas tudo o que me resta é pedir que me ouçam, eu disse, alongando ainda mais as palavras, como se sobre elas viesse uma centopéia dourada.

Sei que estou aqui para ser expulso de sua sociedade, tratei de admitir. Mas por que serei expulso? Na verdade, só porque, algumas vezes, preferi dizer diretamente a verdade. Agora pergunto: por que motivo eu deveria preferir a moderação? Por que viver dominado pela cautela? É o que desejo saber, eu disse ainda. Estou aqui para ser expulso simplesmente porque agi segundo meu coração. Esse foi meu erro: julgar que é melhor ser sincero. E, porque escolhi a franqueza, tornei-me indigno de confiança. Mas não será isso um paradoxo? – eu perguntei. E, guiados por este contra-senso, os senhores estão aqui para me expulsar da Sociedade Literária do Cotolengo.

Quase ninguém sabe, mas o Cotolengo é o bairro de Curitiba que reúne maior número de escritores por metro quadrado. Poetas, poetastros, poetinhas, poetaços, e também prosadores de várias cepas e matizes. Filiei-me à sociedade, que tem fins teóricos, recreativos e terapêuticos, já na primeira hora. Mas, porque sou um homem que não tem o hábito de mentir, se me perguntam o que penso a respeito dela, eu digo, sim, que a desprezo. Essa é a verdade.

Mas por que, então, me filiei a uma sociedade que abomino? – os senhores devem se perguntar. Na vida, senhores, não fazemos só aquilo de que gostamos, nem nos entregamos só àquilo que nos traz prazer. Sinto-me, sim, deslocado aqui entre os senhores, eu admiti, mas nem por isso acho que deva desistir. Se estou aqui, se habito a fronteira norte do Cotolengo, e se escrevo, é nessa sociedade, gostando dela ou não, que devo ficar. Contudo, reconhecer-me como um de seus membros não me obriga a abdicar de minhas opiniões.

"Por que você nos traiu?", perguntou, subitamente, a velhota de topete. "E como ainda ousa se defender, dizer que o que fez é bom?" Encarei-a, sem saber se devia tomar como referência a boca pintada em discreto violeta, ou os bigodes de brilhantina que trazia afixados na testa. Senhores, ignorei-a, eu não traí ninguém. E se existe uma coisa que não tenho o direito de trair é minha própria, e escassa, lucidez.

Uma vaia estourou no auditório. Foi nesse momento que, do fundo do salão, célere como um cometa estofado, voou uma cadeira. Essa mesma cadeira que ainda agora, aqui estirado no chão, trago sobre minha cabeça. Em toda a platéia imóvel, só uma pessoa se ergue para me ajudar. Sim, a dra. Pompilha, com seu bigode fora do lugar, seu imenso ressentimento, seu desleixo viril, mas ainda assim com a mão estendida.

NOS PASSOS DE
ALEXANDER SEARCH

Há algumas semanas, participei da comissão julgadora do Prêmio Lindsay de Poesia, patrocinado pela Livraria Lindsay. Aberto o envelope que identificava o vencedor, oculto sob o pseudônimo de "Fernando Pessoa", deparamos com seu nome verdadeiro: Alexander Search. A carta de identificação acrescentava que ele tinha 21 anos, era estudante e vivia com os pais, no Campo Comprido. Com razão, o presidente do júri, o célebre U. U., estranhou que o nome verdadeiro do falso Pessoa fosse justamente o heterônimo que o Pessoa verdadeiro usou para assinar seus poemas em inglês.
 U. U. escalou-me, então, para uma investigação particular, de modo que, antes que os resultados fossem publicamente divulgados, pudéssemos confirmar a identidade do poeta escolhido. Tinha razões para cercar-se de cautelas. Anos antes, U. U. participara do júri de um concurso de contos que, por conta da ingenuidade dos jurados, premiou um charlatão, um médico caçado pela polícia, que se inscrevera apresentando como seu um conto pouco conhecido do italiano Giovanni Papini, traduzido pela mulher. O escândalo fez um grande mal à reputação de U. U. que é, apesar de seus poemas medíocres, um homem digno.
 Achei que sua apreensão era justa e por isso, na

manhã seguinte, tomei um táxi rumo ao Campo Comprido, disposto a investigar a vida de Alexander Search. Tenho em meu escritório um retrato do jovem Pessoa, quando o poeta ainda era um rapazinho de cabelos em corte militar, modos efeminados e as feições melancólicas de quem, fingindo concentrar-se em uma coisa, no caso na fotografia, na verdade concentrava-se em outra – que jamais iremos saber o que era. Pois bem: assim que desembarquei diante do número 14 da Rua Chopin, uma ruela com cachorros fedorentos fuçando nas valas, deparei-me com o Pessoa que está em minha foto.

Não vestia o terno escuro, com camisa branca e gravata, mas sim um macacão de brim sobre uma camiseta azul. Também não calçava os sapatos negros, mas tênis encardidos, divergências, porém, que não bastavam para abrandar as semelhanças entre os dois. Só podia ser Alexander Search, o poeta vencedor do Lindsay, eu concluí.

Aproximei-me, mas o rapaz, tomado por uma espécie nociva de compaixão pelos bichos, não conseguia me fitar. Sua atenção estava toda concentrada num cavalo muito magro que, coberto de moscas, tentava comer um pouco da grama que brotava entre as pedras. "Tenho pena de cavalos", Alexander me disse. Antes que eu pudesse imaginar alguma razão filosófica, completou: "Eles querem se coçar e não podem." E realmente esse deve ser um problema bastante grave na vida dos quadrúpedes.

Perguntei cautelosamente se, por acaso, ele conhecia a família Search, que morava nas imediações. Não moveu um só músculo, mas estamparam-se em seu rosto algumas marcas de pavor. "Não, nunca ouvi falar", respondeu. "Aqui só temos Silvas e Souzas e Oliveiras". Era ainda mais inquietante que, existindo mesmo um Alexander Search na periferia de Curitiba, não se tratasse daquele rapaz, que se parecia tanto com ele. "E como você se chama?", perguntei. "João", ele respondeu, me dando as costas. "João José."

Por que alguém se faria passar por um sujeito que nunca existiu? E por que, ao se fazer passar por tal sujeito, usaria exatamente o nome do poeta que o inventou? E por que ainda, procurado pelo que não era, mas pretendeu ser, esse sujeito se negaria a ser o que afirmava que era? Perguntas assim, bastante espinhosas, passaram-me pela mente; sentindo-me um pouco tonto, decidi procurar um bar.

"Você me acompanha para um café?", perguntei, só para ter uma companhia, já que nada mais esperava dele.

Depois de alguns goles, entretanto, resolvi insistir. "Pois bem: esse tal Alexander Search ganhou um prêmio literário", eu disse. O rapazinho não se abalou. Foi até uma mesa de sinuca e, pegando o taco, começou a dar umas estocadas fortes nas bolas coloridas. Ignorou-me tão completamente que, depois de pagar pelo café, resolvi ir embora sem me despedir. E ele nem se importou.

Movido pela curiosidade, decidi mentir, afirmando a U. U. que minhas investigações me levaram a concluir que tal Alexander Search, de fato, existia – e que se tratava mesmo, ele podia ficar tranquilo, de um poeta sério. Divulgado publicamente o resultado, contudo, o autor de *Coração cerebral*, o poema vencedor, não se apresentou. Tempos depois, o prêmio, uma boa quantia em dinheiro, foi doado a uma entidade de amparo a aidéticos.

Agora, às três perguntas que perfuravam minha cabeça, acrescenta-se uma quarta: – E por que, contemplado por um poema que de fato escreveu, e que lhe destinaria uma boa soma em dinheiro, o rapaz desprezou não só o dinheiro, mas a glória de ser premiado com um Lindsay? Ainda na esperança de respondê-la, coloquei um pequeno anúncio nos classificados da Gazeta do Cotolengo: "Procura-se Alexander Search, poeta vencedor." Contudo, ninguém respondeu minha mensagem. U. U. ainda tentou me consolar: "Ora, meu caro, poetas não lêem jornais." Talvez a coisa seja mesmo simples assim, mas ainda não estou muito convencido.

AFASTEM-SE:
POEMAS PERIGOSOS

Tentei, tentei, tentei, mas não consegui decorar "A fratura invisível", o poema de S. Tunder, que eu deveria recitar na Festa do Camarão, organizada para angariar fundos em defesa do camarão-gancho, espécie rara e inadequada à cozinha, de uso apenas decorativo que, apesar disso, está ameaçada de extinção. Eu ia bem até o vigésimo verso, mas, daí por diante, tudo se apagava, todo o poema se transformava numa grande borra e eu era obrigado a me calar.

Sou dado a fazer promessas que não posso cumprir. O dr. Alves Pintassilgo, meu homeopata, diz que tenho o espírito de samurai aclimatado aos trópicos (seria algo como o samurai-preguiça, ele cogitou). Não sou dado a comparações literárias, nem sequer acredito na homeopatia (embora ela já tenha me curado uma ou duas vezes); de modo que essas observações, de aspecto médico mas de fundo metafísico, não me molestam.

Desisti de recitar "A fratura invisível" e propus aos organizadores da festa que, em vez disso, eu divertisse as crianças atuando como hipnotizador. Jamais pratiquei o hipnotismo, e nem mesmo acredito em sua eficácia, de modo que seria mais fácil simular (sem medo do grotesco) algo que de fato não existe – ao menos para mim. Minha primeira dificuldade, contudo, foi encontrar um pêndulo, que terminei comprando numa mercearia do Baixo Cotolengo, nas vizinhanças de meu médico. Encontrei-me com o dr. Pintassilgo quando saía da loja, ainda com o pêndulo na mão e, num tom grave, ele me advertiu: "Cuidado para não se transformar num imã." Julguei, erradamente, que se referisse aos ministros mulçumanos, enfiei o pêndulo no bolso e segui meu caminho. Mas ele falava mesmo do magneto usado em ferraduras.

Você é um gato, você é um gato, você é um gato, eu dizia para o menino, agitando meu pêndulo para lá e para cá, o menino indiferente, bocejando, mas com um sono que não levava senão ao sono, não ao gato. Você é um gato, eu gritava, até que o menino espirrou e disse: "E você é um paspalho." E era verdade: todo o meu esforço para ajudar na defesa do camarão-gancho resultara num grande fracasso. O melhor era voltar para casa e desistir não só de minha passagem pelo hipnotismo, mas também pela ecologia.

Só então, já estirado em minha cama, enquanto Isolda roncava com estalidos de soprano, debruçado sobre os poemas de S. Tunder, me dei conta dos versos finais de "A fratura invisível": "E sendo homem, serás gato./ E, sem sê-lo, ainda assim serás./ Pois um gato não precisa miar para existir." Depois dessa descoberta, não consegui mais dormir.

Na manhã seguinte, bem cedo, telefonei para o engenheiro Horn, pai do pequeno Tobias, o menino que, em vão, com meu pêndulo de mercearia, eu tentara transformar num gato. "Meu filho passou a noite em claro", Horn me disse. "Bocejou sem parar, um bocejo atrás do outro, mas sem conseguir fechar os olhos." Lembrei-me que, em "A fratura invisível", Tunder diz: "Pois um gato não precisa miar para existir." O pânico, o colapso, tomaram conta de mim. Sem perceber, algum mal eu praticara com aquele pêndulo, desastre que, agora, me via obrigado a desfazer. Algo se rompera entre o menino e o gato, algo que não se podia ver (fratura invisível, pensei), contudo os hábitos noturnos dos gatos ali estavam, manifestos.

Disse ao engenheiro que, na noite seguinte, viesse me visitar, e que trouxesse o menino. Ele estranhou, mas veio. Antes que chegassem, expus minhas dúvidas, por telefone, ao dr. Pintassilgo. Ele ordenou: "Tome vinte gotas de *phosphorus* 50 e durma um pouco." Segui seus conselhos (tomei quarenta gotas, e não vinte); não acredito na homeopatia, mas também não acredito no inconsciente e, no entanto, ele existe. Não sou um homem sem fé; sou um homem cuja fé não tem objeto.

O menino parecia normal. Aceitou as trufas que lhe ofereci, sorriu um pouco e depois, estirando-se num sofá, entrou em sono profundo. O engenheiro estava aliviado. Para relaxar, enquanto tomávamos um licor de rabanete, resolvi exercitar-me recitando o poema de S. Tunder. Ainda dormindo, o menino, no entanto, pareceu inquieto; e, assim que cheguei aos versos finais ("E sendo homem, serás gato...", etc.) o pequeno Tobias se enroscou na cabeceira do divã, arregaçou as unhas e soltou um longo miado.

Eu não precisava mais do pêndulo; desde esse dia, descobri que é a poesia, e não o hipnotismo, que pode nos transformar. Discorri sobre minha pequena tese para o dr. Alves Pintassilgo que, depois de anotar certa porção de Arsenicum Album (que eu deveria ingerir a cada três horas), prescreveu: "Tire umas férias. E afaste-se dos versos."

A SOCIOLOGIA
DAS ARANHAS

Assim como as aranhas têm as fiandeiras, glândulas localizadas no abdome com que segregam a seda de que fazem as teias, assim também Ana Martes, a socióloga, produziu com o próprio humor (mau humor) a armadilha em que agora está prisioneira. Li em algum lugar que as aranhas não são capturadas pelos próprios fios porque sabem distinguir os que prendem daqueles que servem apenas de passagem. Esse não é o caso de Ana, e nisso minha amiga não só se distingue das aranhas, como se torna sua vítima. Tudo parece menos atemorizante se pensamos na placidez das aranhas, lançando-se docemente no abismo, agarradas apenas a algo que lhes sai do ventre. Isto é, presas apenas a si mesmas – e isso, o fato de estarem conectadas a si, basta para impedi-las de cair. As aranhas se bastam – ser aranha lhes é suficiente, de nada mais precisam.

Ana Martes, é verdade, sempre se amparou em suas próprias forças, por mais corrosivas que fossem; sugeri um dia que, para seu próprio bem, se esforçasse para abrandar a acidez de seus sentimentos, mas ela argumentou: "Sei que parece odioso, mas é esse azedume que me sustenta. Se abro mão dele, não saberei existir."

Por isso, como as aranhas, Ana julgava que toda maldade que praticasse seria, no fundo, um ato benevolente.

Devorar mosquitos, pernilongos, pequenas moscas, – o que poderia haver de mais benigno? Ao menos fazia bem a si mesma (como as aranhas, para viver precisava ferir) – e é para isso, para nos sustentar e manter certa compostura (uma aranha é uma aranha e deve continuar a ser uma aranha), que viemos ao mundo, ela argumentava.

Ana enchia as bordas dos livros que lia desenhando pequenas flores de pétalas finas como alfinetes que, depois descobri, eram as patas de minúsculas aranhas. Praticava a ioga e, quando lhe perguntei a respeito desses desenhos insistentes e repulsivos, ela me disse: "Também o *om* é o fio do iogue; é através do som desse monossílabo que, entoado à exaustão, o iogue se eleva." Em seu lugar, contudo, numa demonstração fracassada, passou a emitir um chiado que me lembrou os rádios fora de sintonia.

Primeiro dedicou-se a pequenas maldades: torturava o gato de seu pai, aplicando-lhe golpes de judoca; esbofeteava a empregada se essa demorava a servir a mesa; reagia furiosamente se alguém, num debate público, a contradizia. Os colegas atribuíam essas reações ao mau humor, até que um dia foi vista estrangulando uma criança que, na esquina, lhe pedia uma moeda.

Percebi que a pele de Ana Martes foi se tornando prateada, talvez cinza-prateada como o chumbo, mas não pude entender que já eram os primeiros sinais de um fluido que ela mesma gotejava, não de alguma parte do corpo (de alguma fiandeira secreta), mas de uma zona imaterial. Não: o que se passou com Ana foi bem real, no máximo um pouco psicológico, já que a psicologia se baseia em humores e eles são quase tão fortes quanto os dentes. "Humore", no latim, o dr. Alves Pintassilgo me lembra, significa líquido; então é algo que escorre, que se espalha lentamente como uma umidade, mas que não pode ser visto (e que não deve ser confundido nem com os fluidos naturais do corpo feminino, nem com os suores próprios ao calor).

Aos poucos, Ana foi se deixando corroer pelo veneno que destilava sobre os outros e que, como o fio das aranhas, a mantinha suspensa numa zona de ninguém. Apareceram manchas negras em seu rosto, o prateado alcançou os cabelos e ela envelheceu; a decadência tomou conta das unhas, que se tornaram quebradiças, os fios que a sustentavam se esgarçaram e a flacidez a devastou.

Uma manhã, Ana Martes, a socióloga que ninguém mais suportava, também deixou de suportar a si mesma. Pequenos estalidos, ouvidos só pelos cachorros e pelos morcegos, denunciavam que os fios começavam a afrouxar. Sentiu tremores (eram os fios se rompendo), vacilou diante dos alunos (era a teia que se soltava das amarras) e caiu (era a aranha que despencava no abismo).

Ainda está de cama, deprimida, já nem consegue ficar de pé. Faltam-lhe os fios, os vínculos que a atavam ao mundo, que agora é incapaz de engendrar. E talvez por isso tenha se tornado uma mulher doce – brandura que, eu sei, é apenas debilidade, nada mais. A aranha fora de sua teia – como um quadro, fora da moldura, tombado sobre um tapete.

Só agora me dou conta de que Martes, em espanhol, significa terça-feira, o dia de minhas crônicas. O mais provável é que se trate de uma coincidência. Palavras tecem palavras, formando teias. Ah, língua, cheia de ameaças!

UMA VIDA
E DOIS ESPELHOS

*E*stava escrito nos olhos embaçados do prof. Brewster: ele pensava no quanto eu era ridículo. Também pudera: era a primeira vez em minha vida de repórter que eu fazia uma entrevista vestindo só um roupão de banho, uma peça patética com tufos nas mangas, acompanhada de um par de pantufas de pajem.
    Não podia imaginar que o prof. Brewster viria pessoalmente a minha casa, no *Baixo Cotolengo*, para dar seu depoimento à revista literária O Eu Profundo, editada aqui mesmo no bairro e da qual sou um tímido colaborador. Quando deixei um recado no hotel, esperava apenas que retornasse, marcando hora num café, ou num piano-bar, para que pudéssemos conversar mais à vontade. Mais nada.
    Não sei como o professor conseguiu meu endereço. Quando a campainha soou, eu acabara de sair do banho e me dedicava, nesse trajes vergonhosos, a regar as plantas do terraço. Moro sozinho, sou rabugento e tenho um *cocker* que costuma ranger os dentes diante de desconhecidos, de modo que poucos se atrevem a me visitar sem aviso prévio.
    Pedi um minuto para me trocar, mas o prof. Brewster disse: "É melhor não, pois tenho pressa." Acomodei-me na poltrona diante da lareira, deixando para o professor o sofá

lateral. Sem permitir nem mesmo que eu formulasse algum elogio a sua célebre biografia de Checov, Brewster declarou: "Eu o escolhi para uma confissão. Meu livro é um plágio."

Falou em límpido português, apesar dos erres fortes à moda espanhola. Ainda sem acreditar, perguntei: "Plágio de quem?" Ele me explicou que roubara a estrutura conceitual, boa parte dos dados e até mesmo muitas frases de uma biografia de Checov assinada por um certo Rudolf Plakonev, um crítico literário stalinista cuja obra, desde Ieltsin, se encontra fora dos catálogos russos.

Plakonev faleceu nos anos 1990, de modo que, além do ostracismo, a morte agora o impedia de qualquer reação. Brewster, que fizera um doutorado em Londres, descobriu um exemplar da biografia que ele escreveu em um sebo de Killburn, bem ao lado da estação do metrô. Comprou-o por causa da capa (que trazia a reprodução de uma tela de Plovski), já que não lê uma só palavra em russo. Uma namorada, comunista na juventude e intoxicada pela paixão, o ajudou na tradução fraudulenta.

"Minha namorada é uma curitibana", Brewster me confessou. "E agora, porque eu a abandonei, ela me ameaça com um escândalo." Tirou da pasta um manuscrito, que colocou sobre a mesa de centro; era a tradução de Plakonev feita por sua ex-amada, que ele me trazia para que eu o ajudasse a se livrar das últimas dúvidas. Queria que eu confrontasse o livro com sua biografia – e depois lhe fornecesse um laudo, afirmando se era inocente ou, ao contrário, um plagiador.

"Talvez seja tudo só impressão", Brewster me disse, numa revelação ainda mais admirável. "Desde pequeno acho que sou a cara de Tolstoi, mas ninguém mais acha isso." Examinei-o e, de fato, de Tolstoi, ao menos o que conheço por meio de estampas clássicas, nada havia. "Sou um sujeito muito impressionado", sublinhou. "A verdade sempre me escapa."

Ainda assim, e apesar de meu roupão, aproveitei para lhe fazer meia dúzia de perguntas, pensando num pequeno artigo para *O Eu Profundo*; ao sair, Brewster me entregou um cartão e explicou que estava retornando aquela noite para São Paulo, onde ficaria por quinze dias mais.

A biografia de Checov assinada por Plakonev, a julgar pela tradução de minha amiga Idalina Gonzaga, irregular e repleta de afirmações doutrinárias, nada tem a ver com *O médico das palavras*, a biografia que Brewster escreveu. Ao contrário, enquanto a primeira é afirmativa, simplista, além de enfadonha, a segunda é hesitante e cheia de suspeitas. E tem mais perguntas que respostas.

Telefonei para Brewster, a fim de lhe anunciar que, de fato, era tudo só uma impressão – e cheguei a cogitar de escrever um pequeno ensaio a respeito para a seção psicológica de *O Eu Profundo*. Na recepção do hotel, me informaram que o prof. Brewster viajara. "Deixou algum endereço?", perguntei. O rapaz pareceu hesitar antes de dizer: "Ele disse apenas que não era digno do hotel."

Usei meus contatos no Instituto Kellogs de Crítica Literária, mas nenhum deles me levou a Brewster. Dias depois, soube que ele retornara a Illinois onde, numa palestra pública, anunciou que estava abandonando a crítica. Era uma decisão definitiva; a partir dali, se dedicaria a criar galinhas. "Elas podem ser repulsivas, mas não mentem", teria declarado.

A HIPÓTESE DOS
BURACOS BRANCOS

*N*a semana passada, mesmo pressionado pelo fantasma de Borges, arrisquei-me a falar dos espelhos, esse tema tão borgeano a que hoje, de modo ainda mais temerário, sou obrigado a retornar. Meu objetivo é descrever uma certa teoria que, apesar de inacreditável, causou terríveis danos a meu vizinho, o sr. Michon, levando-o a uma grande melancolia e, até mesmo, à morte precoce.

Todos conhecem o efeito desses espelhos tripartidos, fixados sobre as penteadeiras antigas, em que as imagens se refletem umas nas outras, numa repetição sem fim. Espelhos, assim dispostos, transformam-se em abismos que tocam o infinito, tragando tudo à sua volta. O mesmo se pode sentir nos elevadores com paredes espelhadas – aqui no prédio há um deles, na portaria social; sempre que saio com meu cachorro, ele se vê refletido naquele sorvedouro e, desorientado, começa a uivar.

É natural, eu acho, que cães se atemorizem com espelhos paralelos, mas jamais pensei que homens maduros como o sr. Michon viessem a sentir o mesmo. Eu já sabia que o sr. Michon, apesar de viver no vigésimo andar, jamais usava o elevador social; limitava-se a tomar o de serviço, que tem paredes estofadas com gomos de náilon e, quando este estava fora de serviço, simplesmente descia e subia pela escada.

O sr. Michon tinha, em seu quarto, uma dessas penteadeiras a que me referi acima, que herdou da avó. Pois, ele me garantiu, começara a notar que objetos que deixava sobre a cômoda simplesmente desapareciam. Primeiro suspeitou da empregada, que foi despedida; depois da própria mulher, que o deixou; sozinho com seu mistério, o sr. Michon passou a desconfiar de si mesmo e, para livrar-se dessa dúvida, instalou uma câmera de vídeo diante do móvel, pois queria estar certo de que não era ele mesmo que, em algum ataque de sonambulismo, roubava os objetos.

Mas o que viu o deixou aterrorizado: os objetos desapareciam simplesmente, espocando como flashes. Chegou a suspeitar de algum defeito na câmera (que foi revisada), submeteu sua história a um tio espírita (mas as explicações que ele lhe deu pareciam muito fantasiosas), de modo que viu-se obrigado a se apegar às leis da física, ciência na qual era um diletante, para explicar o que se passava.

Foi a partir daí que formulou sua inaceitável Teoria dos Buracos Brancos, evidentemente (mal) inspirada na Teoria dos Buracos Negros, que tanto escândalo ainda hoje provoca. Chegou a escrever um pequeno artigo a respeito, que publicou no boletim da Sociedade Pênsil, mas não ousou ir adiante. Foi acusado de delirante e o editor do boletim, um certo M. Parulla, chegou a ser demitido por causa da publicação.

Tudo estaria esquecido, não fosse um evento grave: certa noite, o próprio Michon desapareceu. Sua vizinha de andar, Rita V., garante que viu quando o sr. Michon entrou em casa e ainda ouviu quando ele passou os trincos de segurança na porta. "Se tivesse saído, Alberto, meu cachorro, começaria a latir", ela afirma. Depois de arrombar o apartamento, a polícia encontrou a chave na parte interior da fechadura. A mesa da sala estava posta para o lanche, só uma xícara, um prato, um par de talheres, diante de um bule de chá gelado.

O terno que o sr. Michon usara naquele dia estava jogado sobre a *bergère* do quarto; ele havia chegado, despiu-se, preparou o lanche e depois simplesmente sumiu. A síndica ainda argumentou que Michon saíra pela porta de serviço, mas ela estava trancada com os ferrolhos internos.

Fiz uma rápida visita ao apartamento. Confesso que não tive coragem de me aproximar da penteadeira, muito menos daqueles espelhos checos, abertos como orelhas de um elefante. Nunca mais usei, por via das dúvidas, o elevador social. Aqui no condomínio dizem que contraí o "mal de Michon", do qual, devo dizer a meu favor, não sou a única vítima. Continuo a ser um homem realista, mas existem certas precauções que sempre devemos tomar. Se os buracos brancos de fato existem, não sei dizer, e na verdade essa é uma questão que não me importa. No colégio, por dois anos consecutivos, fui reprovado em física, de modo que não sou a pessoa mais adequada para especular a respeito.

Lamento apenas que essa história tenha sucedido só alguns anos depois da única vez em que, num café da Lavalle, tive a honra de entrevistar-me com Jorge Luis Borges. Mas talvez tenha sido melhor assim: Borges, provavelmente, duvidaria de mim, ou me veria só como um lamentável imitador.

HOMEM COM
LUVAS DE SEDA

Sempre que passo pelo Bosque da Estrela, já na fronteira do Alto Cotolengo, aproveito para visitar o Museu das Artes Fluidas, um conjunto de sete salas, subvencionado por uma instituição espírita, que guarda obras de arte atribuídas a entidades do além. A casa, com grossas barras de ferro nas janelas, mais parece uma delegacia. Fica escondida entre ciprestes, altos e plumosos, de modo que só com alguma atenção pode ser notada. Guarda, contudo, algumas preciosidades, entre elas uma pequena tela, "Homem com luvas de seda", que pode ser uma citação de Tiziano, ou atribuída a seu espírito errante, mas, afora essas suposições, é um dos retratos mais delicados que já vi.

Entro no museu e, em geral, vou direto à última sala onde, numa parede lateral quase escondida pela porta, está o "Homem com luvas de seda", um quadro em matizes flácidos, como que pintado a éter, em linhas elásticas, ondulantes, que sempre me inebria. O homem em questão, de paletó negro, barba compacta e gravata de toureiro, parece diluído na neblina que lhe serve de fundo; aqui e ali, apenas uns relances dourados que evocam, talvez, restos de luz exterior. Está de braços cruzados, de modo que as luvas de seda, iluminadas por uma claridade sem origem, se destacam mais que tudo. Essa luminosidade imprevista, dizem os espíritas, prova que o Humberto H. que assina a tela é só um veículo, colocado a serviço de um espírito alto, e não seu autor. Uma pequena placa, fixada na moldura, resume a polêmica travada nos bastidores kardecistas a respeito da identidade do verdadeiro autor do quadro, que tanto poderia ser o Tiziano, ressurgindo no Cotolengo para uma performance tardia, como um certo Evalve, um sapateiro do século 17 que, nas horas vagas, pintava retratos de seus fregueses.

Não é, porém, a polêmica espiritual que me interessa. Acontece que, bem ao lado, ainda mais na penumbra, há uma outra tela, uma cópia exata da anterior, a respeito da qual, numa advertência redigida à mão, o curador explica: "Cópia fraudulenta da tela de Humberto H. – que durante muito tempo, acreditava-se, fosse o original." A porta barra a pouca luz que escorre da última luminária, de modo que a tela mentirosa fica espremida contra as trevas e quase ninguém a leva em consideração.

Posso garantir, no entanto, que a cópia é ainda mais comovente que o suposto original, tão mais impressionante que chego a cogitar se, na verdade, não existe aí um erro, ou uma segunda falsificação, sendo na verdade a tela maior posterior à pequena tela sem assinatura, esta sim a verdadeira. Mas, ainda que essa seja só uma hipótese fantasiosa, insisto em dizer que, nesse caso, prefiro a fraude.

Há poucos dias, contemplando o falso "Homem com luvas de seda", fui abordado por uma anciã, de seus 80 anos, com o coque preso em um aplique de madrepérola e uma estola de esquilo. Empurrando-me para observar a pequena tela mais de perto, ela resmungou: "Será que não erraram?" Logo entendi que a velha sentia a mesma perplexidade que eu. "Você vê como as luvas parecem, de tão finas, quase transparentes? Que se pode ver até as veias das mãos?", ela disse, apontando para o centro do quadro.

Tudo aquilo era verdade e, com as palavras da anciã, se tornava ainda mais escandaloso.

Decidimos ir juntos à administração do museu para expor nossa inquietação. O diretor, dr. Zauberer, teve a paciência de nos acompanhar de volta à sala 7, observou longamente os dois quadros, e finalmente diagnosticou: "Sinto muito. Os senhores estão apenas condoídos com a revelação da fraude. Mas em arte a compaixão não tem valor." E se despediu, dizendo que tinha um importante encontro de trabalho com um ex-ministro de Estado.

Ali ficamos, Madame Dreux (este era o nome da velha) e eu, diante das duas telas: e a menor delas, a falsa, cada vez mais parecia ser a verdadeira. Depois, convidei-a para um chá na lanchonete do museu, durante o qual madame, sem nenhuma cerimônia, cochilou. Quando nos despedimos, ela disse que ficaria um pouco mais, pois retornaria à sala 7 para ter certeza de que seus sentimentos eram mais fortes que os argumentos do curador. "Para nós, a tela falsa é a verdadeira e só isso importa", acrescentou. Não sei se estava certa, mas eu também, confesso, jamais mudei de opinião. E até hoje, sempre que posso, volto ao Museu das Artes Fluidas só para, em silêncio, quase envergonhado, reverenciar a pequena cópia desprezada.

MEU TIO E A TARTARUGA DE GALÁPAGOS

Das catorze raças de tartaruga que habitavam as ilhas Galápagos, explica o comentarista da TV científica com timbre mortificado, duas desapareceram para sempre e de uma terceira resta apenas um macho, hoje com mais de cem anos de idade, que os zoólogos batizaram de Jorge, o Solitário. "Tinha vontade de consolar essa pobre tartaruga, de conversar com ela", comenta tio Olavo, 82 anos de idade, solteirão e leitor de Montaigne, identificando-se com o espírito misantropo do réptil. "Titio, só lunáticos falam com animais", minha prima Sueli diz, talvez só para estimulá-lo a reagir. Aceitando a bofetada, tio Olavo responde: "Eu converso com quem eu quiser."

Observo meu tio querido, um pouco emocionado com seu interesse por esse último exemplar de uma raça quase extinta, cujo suspiro final se detém, ainda que só por pouco tempo, naquele velho réptil, a rastejar por Galápagos em um passeio de despedida. Jorge, o Solitário é o reflexo derradeiro de um tronco racial prestes a desaparecer. Ao comover tio Olavo, ao tocar na face gelada de sua decrepitude, contudo, a tartaruga cumpre, sem saber, uma última função: a de levar um ancião, que já parecia seco e insensível, a uma tempestade de lágrimas.

Fico pensando que é mesmo espantoso que a tartaruga de Galápagos faça um homem derramar lágrimas tardias em Copacabana, onde eu o visito, em seu apartamento de fundos, com vista para o pátio interno de uma loja de pneus, sem uma só réstia de sol. É seu aniversário e por isso Odalice, a empregada, vem servir tiras de calabresa com caipirinha. O cheiro do óleo me causa náuseas, mas, para não ser indelicado, aceito a bebida. Como a maioria dos velhos, tio Olavo sabe usar a senilidade a seu favor: exibindo a velhice, ele controla o mundo à sua volta e nos obriga a agir como seus subalternos.

Odalice é uma prova disso, tensa, espantada com o ritmo que o mundo adquiriu, indisposta com as ordens resmungadas pelo patrão, mas ainda fiel. "Eu faria uma bela sopa com essa tartaruga", insiste minha prima, que é previsível até mesmo em suas grosserias. "Não seja estúpida", é obrigada a ouvir, não de mim que afogo no silêncio, mas do velho que, já tão distante de tudo, não precisa se conter.

Dias depois, ao passar no apartamento de tio Olavo para entregar uma encomenda, deparo com uma tartaruga ridícula, raquítica e desbotada, que trafega sobre o tapete turco. Ele me explica que Odalice a comprou na feira, a seu pedido, não com a intenção de preparar um caldo, mas na vã esperança de compensar a solidão de Jorge, o Solitário. Com uma tartaruga de fino trato, e disponível, à sua espera, ainda que a muitos quilômetros de distância, talvez Jorge, o Solitário pudesse se sentir menos infeliz, ele cogita. "Se não podemos salvar um planeta, devemos ao menos salvar nosso jardim", tio Olavo diz, bastante filosófico, e me pergunto se, mesmo misturando as idéias, não estará repetindo algum pensamento de Montaigne.

"Mas tio", eu começo, e logo interrompo, já que nada há a dizer diante da teimosia de um velho. Minha frase inconclusa ainda ressoa pela sala, entrecortada pelos estalidos que ecoam da loja de pneus, mesclando-se à fumaça cerrada que emana do pátio, mas bem viva. "E não me chame de tio", ele me corrige, "chame-me apenas de Olavo." Está bem, é assim que passo a chamá-lo e ele parece se sentir bem melhor. "Meu caro Olavo", começo, e meu tio estampa um sorriso de satisfação, que dispensa o resto da frase.

A tartaruga de feira, que ele chama de Betty, rasteja agora, ainda mais lenta, rumo ao aparador. Tio Olavo a admira, suspirando em sopros que se misturam a sinais preocupantes de asma, um pouco ofegante sim, mas feliz. "Faço isso por Jorge, o Solitário", ele diz. "Se cada um de nós lhe preparasse uma esposa, talvez não viesse a desaparecer." E mima a tartaruga, borrifando-a com água de colônia, oferecendo-lhe uma grande folha de escarola como lanche, fotografando-a com sua máquina de jornaleiro. "Quero que você pose ao lado dela", me pede e eu, mesmo vexado, o satisfaço.

Aqui tenho agora, diante de mim, a fotografia em que apareço ao lado da tartaruga Betty, que tio Olavo pediu que me entregassem emoldurada numa peça de papelão. Eu a olho e penso em Jorge, o Solitário, rastejando à margem de um outro oceano (se é que ainda está vivo), insensível aos esforços bizarros de meu tio. A natureza às vezes é sábia, outras vezes é burra, mas permanece sempre apática, indiferente, a nossa inquietação.

TODAS AS HISTÓRIAS JÁ FORAM CONTADAS

Numa palestra proferida durante o colóquio Opiniões Contundentes, realizado no mês passado em Madrid, o escritor espanhol Javier Marías declarou que há, hoje, uma saturação de ficções. Disse Marías, fatigado, que, em conseqüência, é muito difícil para um escritor encontrar histórias que já não estejam contadas. A literatura teria chegado a seu ponto de saturação, quando as soluções atingem a expansão máxima.

Ocorre (e eis onde Marías se engana) que a literatura não é um conjunto de soluções, mas sim de perguntas, sendo sua capacidade de expansão, mesmo sob condições de adversidade extrema, ilimitada. Além disso, repetir-se, ele também se equivoca, não é um sinônimo de fracassar. A raça humana, que se reproduz há milênios em homens e mulheres aparentemente iguais, é suficiente como demonstração do quanto pode haver (e há) de diversidade na semelhança.

Ao ler as declarações de Javier Marías, me vêm à memória os últimos dias de um escritor que ele, por certo, conheceu muito bem: o uruguaio Juan Carlos Onetti, pobre velho, que passou os derradeiros anos de sua vida, em Madrid, deitado sobre uma cama, exilado do mundo. Esse estado de imobilidade, que a medicina considerava doentio, na perspectiva da literatura pode ser avaliado como uma solução genial. Foi isso, ao menos, o que o próprio Onetti ensinou a meu amigo, o sr. Pereira.

Meu velho amigo, em viagem de trabalho à Espanha, e graças a uma namorada madrilena, sobrinha postiça do escritor uruguaio, teve a sorte de ser recebido por Onetti. Foi uma visita muito rápida, mas lhe bastou para trazer de volta algumas frases inesquecíveis – ao menos para mim. Quando Pereira entrou no quarto, encontrou Onetti de pijamas, deitado com o rosto contra a parede; murmurava algumas palavras que, ele supôs, formavam um poema. A sobrinha o cumprimentou, ele respondeu, mas continuou imóvel. E resmungando.

Uma senhora corcunda, envolta num xale longo, entrou com uma bandeja de café. As xícaras, Pereira não pôde esquecer, traziam inscritas a palavra "portazo" (que em espanhol define o ruído de uma porta quando bate). A sobrinha lhe explicou depois que aquele era o nome de uma pequena editora de Granada, que publicara, só alguns meses antes, uma antologia dos contos de Onetti – e as xícaras, brindes que a casa oferecia aos livreiros. Pereira não se convenceu muito desta versão, mas não a contestou.

Enquanto saboreava o café, a sobrinha elogiou as peônias que, expostas sobre uma jarra de cristal, decoravam o quarto do escritor. Onetti respirava em ritmo entrecortado (as listras do pijama davam saltos em suas costas) e não pareceu interessado nas flores. Só algum tempo depois, virou-se, estirando-se de barriga para cima, a cabeça acomodada sobre dois travesseiros altos. Examinou meu amigo com uma atenção inesperada, mas, depois de perguntar-lhe as horas, e não parecer muito surpreso com a resposta, silenciou novamente.

A enfermeira (ela agora estava sem o xale e deixava ver seu uniforme branco) voltou, trazendo a bandeja com medicamentos." Enquanto ela acomodava o escritor na posição vertical, Pereira aproveitou para perguntar à namorada por que razão, afinal, Onetti tinha se retirado do mundo. Meu amigo não tem grande interesse por literatura; o único romance que leu, e não gostou, foi *O primo Basílio*, de Eça. "Meu tio cansou de escrever. Todas as histórias já foram contadas." A moça falou alto, de modo que Onetti, mesmo atrapalhado com um comprimido marrom do tamanho de uma barata, moveu os olhos em sua direção. Depois que a enfermeira se foi, meu amigo, não muito convencido, resolveu repetir a pergunta. Onetti respondeu: "Imobilizar-me foi a forma que encontrei para continuar a escrever." Aquilo parecia sem sentido, de modo que, mesmo constrangido, Pereira insistiu: "Quer dizer que o senhor ainda escreve, às escondidas?" O escritor não pareceu muito satisfeito com a pergunta, mas ainda assim disse: "Agora que estou sozinho, para escrever basta pensar."

Meu amigo, que jamais ouvira falar de Onetti, não deu muita importância a essas palavras extraordinárias. Eu, contudo, não consigo esquecê-las. Pergunto-me, ainda hoje, que livros fabulosos Onetti escreveu em silêncio, deitado em sua cama madrilena, narrativas secretas que jamais teremos a chance de ler. Expus essa inquietação a meu amigo Pereira. Sem muito interesse, ele recordou: "Bem, Onetti me disse que ele apenas contava para si mesmo, em silêncio, seus contos mais antigos, que lhe pareciam sempre novos e surpreendentes. E que isso lhe bastava."

A GARGANTILHA
DE DESCARTES

O jardineiro me advertiu: "Não vá além do jardim das hortênsias. Lá atrás, vive o monstro." Trincou a ponta dos lábios como se mastigasse as palavras, mas depois sorriu, apontando os curiós que sobrevoavam a cerca, em rasantes harmoniosos.

Assim que fiquei a sós com o dr. Coutinho, aproveitei para lhe expor minha curiosidade. "É melhor obedecer às ordens do jardineiro", limitou-se a dizer. Depois, entregou-se ao silêncio, manuseando uma gargantilha cravejada de pedras brancas, no formato de caninos, que levava no pescoço. Em seguida, tirou do bolso uma escovinha de unha e, com firmeza, passou a lustrar as pedras.

Convidou-me para subir até a sala de armas, onde me mostraria a coleção de espingardas. Como odeio armas, sugeri que, em vez disso, descêssemos até a adega para escolher o vinho do jantar; e o vinho, antes mesmo do jantar, nos arrastou para a borda da lareira.

Às seis horas em ponto, o dr. Coutinho costuma se retirar para rezar a Ave-maria e, seguindo as instruções de seu Mestre, ler algumas páginas das *Meditações metafísicas*, de Descartes. Meu anfitrião freqüenta um círculo de intelectuais que adota o cartesianismo como religião, e as *Meditações* como livro sagrado. A associação entre o filósofo francês e aquela seita secreta me causou repulsa e, por isso, disse que preferia respirar um pouco de ar puro. Mas já sabia o que me preparava para fazer.

Depois de me assegurar de que não estava sendo vigiado, atravessei o jardim das hortênsias, até chegar a uma pequena casa de estuque, à porta da qual uma mulher grisalha, com a face de jabuti, costurava a bainha de uma calça. Pareceu assustada ao me ver, tanto que lançou a calça no chão e, atrapalhada, se ergueu. "Tenho uma encomenda para o monstro", resolvi dizer, apostando no caráter vago da frase. Ela vacilou, mas fez um sinal para que eu a seguisse.

Antes de entrar na casa, a mulher tirou do bolso da saia um molho de chaves. A casa, na verdade, funcionava como depósito, onde se guardavam objetos de marcenaria e instrumentos de jardinagem. Algumas galinhas, presas num engradado de madeira, dormiam de pé, como se estivessem hipnotizadas. E não se moveram, nem mesmo quando eu, por causa do escuro, tropecei num saco de ração.

Por fim, a mulher escolheu uma chave e a enfiou numa fechadura que havia, camuflada, sob um relógio de parede. Ao puxar a porta, surgiu à nossa frente uma fileira de grades. O quarto, na verdade, era uma jaula. Só então vi a mão esquerda do menino, pálida, as unhas roídas até quase a raiz, dependurada à altura de meu rosto.

A mulher ergueu o candeeiro de azeite e o rosto do menino apareceu atrás das grades. "Lucas, esse senhor traz uma encomenda. Deve ser de teu pai", ela anunciou. Ocorreu-me dizer que se tratava de uma comunicação secreta e que, por isso, ela devia se retirar. Não me contestou e saiu.

Aproximei-me. O menino resmungava alguma coisa, muito baixo, quase como um choramingo. "Não posso entendê-lo", eu disse, e só então senti o forte cheiro de urina que emanava do fundo da cela. Vestia-se em andrajos, panos encardidos escorrendo dos ombros e, onde devia estar a calça, só vi uma espécie de fraldão. "Fale mais alto. Não tenha medo de mim", procurei acalmá-lo. Até que entendi claramente: "O doutor diz que vou mordê-lo." Aproximei um pouco mais o candeeiro, que a mulher deixara em minhas mãos, e vi que o menino não tinha dentes. Notando meu interesse, ele escancarou a boca, exibindo-se. Seu hálito cheirava a soda cáustica. "Ele roubou meus dentes", repetiu, agora mais determinado. "Quero meus dentes de volta, quero meus dentes de volta!", começou a gritar.

Devia ter uns onze, doze anos, mas é difícil calcular a idade de uma criança submetida a tamanha iniquidade. Lembrei-me que levava uma barra de chocolate no bolso e lhe dei. Ele a desembrulhou e a colocou na boca, pendendo entre os lábios, como se fosse uma chupeta. A baba de chocolate escorria por seu queixo, mas agora o menino estava mais calmo.

"O que houve com seus dentes?", perguntei. "Ele roubou meus dentes, ele roubou meus dentes", voltou a dizer, encolerizado. Nesse momento me veio à mente o colar cravejado de caninos que o dr. Coutinho usava no pescoço, uma espécie de gargantilha que, ele me explicara sem qualquer emoção, era a insígnia do círculo de Descartes.

DESEJOU O BEM, MAS FEZ O MAL

Agora que Agostino Tropo recebeu o troféu de O Homem do Ano, conferido pela Sociedade Hermenêutica do Cotolengo, talvez seja o momento adequado para, enfim, alguém contar sua verdadeira história. Ele não me autorizou a isso, mas na semana passada, num café do Alto Cotolengo, chegou a me dizer: "Agora que venci, conheço o gosto amargo da vitória. E isso é algo que eu não suportaria guardar só para mim."

Conheço Agostino há muitos anos, de modo que me senti à vontade para concluir que aquilo era um pedido de ajuda; Agostino, porém, é um homem discreto, e não me senti à vontade para pedir que confirmasse, ou repudiasse minha conclusão. Venho aqui correr um grande risco, que envolve uma amizade antiga, além de alguns princípios pessoais graves, mas o que seria do mundo sem um pouco de aventura?

Agostinho Tropo criou seus três filhos com desvelo e paciência, apesar de viver assoberbado com as exigências impostas pelo cargo que ocupava no Ministério de Seguros de Acidentes do Trabalhador. Quando eram pequenos, mesmo chegando em casa em plena madrugada, pegava-os no colo e, abnegado, cantarolava melodias antigas. Pagou faculdades além de suas posses, procurou sempre conversar com eles sobre temas embaraçosos como a religião e o sexo e jamais julgou que o papel de pai lhe conferisse a autoridade de um tirano. Apesar disso, Tadeu, o filho mais velho, desde os 13 anos não lhe dirige a palavra; Tunis, o do meio, tornou-se um jogador compulsivo; e Tano, o caçula, realizou o sonho que Agostino menos desejou: asfixiou a namorada e agora está preso numa penitenciária em Maringá.

Agostino sempre amou a mulher, Adelaide, uma secretária bilíngüe com modos de dondoca. Por amor, fez um empréstimo à Caixa dos Funcionários, só para lhe comprar uma jóia de aniversário. Ao sair, foi abordado por três jovens armados. Eles o empurraram para dentro de um carro, tomaram seu dinheiro e o levaram. A idéia era usá-lo como escudo num assalto a um banco. Preso como cúmplice, foi processado e, só depois de sete meses de cadeia, e graças a uma testemunha secreta, sua inocência veio a ser provada.

Esforçou-se como pôde para cumprir exemplarmente suas funções de arquivista no Ministério de Seguros de Acidentes do Trabalhador. Varava a noite adiantando o serviço acumulado, apresentava sempre novas idéias a seu chefe, o sr. Wolff, e depois que o expediente se encerrava, embora essa não fosse sua função, armava-se de espanadores e flanelas para lustrar, sozinho, as prateleiras dos arquivos. Um dia, flagrado por um segurança quando se agachava entre os registros de valores, foi preso e processado por suspeita de espionagem. Sem provas contra ele, o sr. Wolff terminou por readmiti-lo em seu posto, mas, na prática, foi rebaixado, já que perdeu o direito às gratificações.

Entrou em depressão e, para sair da depressão, e do desdém da família e amigos, resolveu se alistar como voluntário no Asilo do Futuro, que abriga meninos abandonados, atividade com a qual pretendeu não só relaxar os nervos, mas preencher as horas vazias. Ainda era jovem, tinha pouco mais de 40 anos, de modo que pareceu deslocado ao lado das velhinhas caridosas e senhoritas filantrópicas que militavam na casa. Um dia, porque não o suportavam, foi acusado de abusar sexualmente de um dos meninos. Sem provas, não foi detido, mas terminou expulso da instituição.

E agora, só porque Agostino Tropo resolveu fazer o contrário do que sempre fez, lhe deram o título de O Homem do Ano. Decidiu, um dia, que largaria o emprego, que não se preocuparia mais com sua aparência pessoal, e que abandonaria a família para viver num quarto de pensão. Não dirigia a palavra a desconhecidos, não se alimentava bem e gastava suas horas debruçado sobre livros grossos e misteriosos. E, assim fazendo, Agostino passou a ser visto não só como um sujeito enigmático, mas como um místico, um verdadeiro guru a quem todos desejam consultar. Mas que, porque parece ser mesmo um santo e não um arrivista, sempre se recusou a dar consultas.

Só agora, porque decidiu repudiar uma vida correta para se converter num ser estranho e repugnante, Agostino Tropo passou a ser visto, enfim, como um homem bom. Se me perguntarem o que isso significa, eu direi: nada. Pois realmente nada significa. É, no entanto, uma história que precisava ser contada e espero que, ao me decidir a narrá-la, se eu estiver fazendo o mal quando desejei fazer o bem, ele possa me perdoar.

VOLTE QUE ESTAREI AQUI PARA OUVI-LO

*E*nquanto os outros confessionários permaneciam vazios e os padres mais jovens, sem ter o que fazer, aproveitavam a solidão para ler a *Bíblia*, ou dormitar, a fila de alunos se estendia, longa, diante do confessionário de madeira, em forma de nave gótica, do padre Expedito Bender. E havia uma só razão para isso: aos 91 anos de idade, padre Bender era um homem praticamente surdo.

Eu também, com a mente chamuscada pelas fantasias sexuais que, aos 12 anos, tomavam minhas noites, não tinha escolha. Acomodado no genuflexório, eu me limitava a resmungar, palavras pela metade, frases incompletas, enquanto padre Bender, com a imensa orelha de abano encostada bem no meu nariz, me ouvia. Depois, fazia algumas perguntas, vagas, genéricas, que eu respondia na mesma linguagem errante. Por fim, ele me mandava rezar doze Ave-marias (talvez aquilo se relacionasse com minha idade, cada uma delas para purgar um ano de existência, eu pensava) e, antes da bênção de praxe, dizia: "Volte sempre que estarei aqui para ouvi-lo." E o melhor era isso: ainda que se esforçasse, ele era incapaz de ouvir.

Havia, porém, um menino, René, um especialista em diabruras, que pôs tudo a perder. Certo dia, usando um gravador à pilha do tamanho de um tijolo que seu pai trouxera de Tóquio, René gravou parte de um dos discursos do presidente Jânio Quadros transmitidos pelo rádio. Carregou a máquina, com alguma dificuldade, dentro da pasta e, logo depois de se ajoelhar, pôs Jânio a falar diante da orelha em ventarola do padre Bender. O confessor ouviu-o em silêncio e depois disse: "Você deve se cuidar melhor. Esse chiado no pulmão pode ser um sinal de asma." E abençoou o presidente que, uma semana depois, indiferente às benesses do sacramento, iria renunciar ao cargo.

A história de René correu, a boca pequena, pelos corredores do colégio e, a partir dali, outros alunos se sentiram estimulados a pregar peças no velho sacerdote. Tornou-se rotina entre os mais rebeldes simplesmente inventar pecados escandalosos, como: "Eu matei meu pai", "Eu deitei com minha mãe", "Eu cometi suicídio." A todos eles, depois de escutar com a mesma serenidade, padre Bender absolvia, sem deixar de repetir: "Volte que estarei aqui para ouvi-lo."

Brincadeiras cansam, meninos – como os críticos de arte e os escritores esnobes – estão sempre em busca de novidades, de modo que logo deixaram o padre sossegado. E o tédio, já se disse, é o melhor dos remédios. A frase feita, pelo que posso recordar, pois estava anotada em minha Agenda de Princípios e Máximas, era assim: "Entregue-se ao tédio e terás um remédio." Era uma tradução do grego, talvez de Píndaro, ou de Eurípides, já não sei dizer. Sei que, no caso do padre Bender, ela funcionou.

Muitas semanas depois, o diretor do colégio convocou todos os alunos da segunda série para uma palestra, obrigatória, que devia ser convertida em trabalho por escrito, a ser ministrada pelo padre Expedito Bender. Fomos acomodados no auditório nobre, que fedia a mofo, enquanto o velho padre, sentado na borda do palco entre duas corbelhas e logo atrás de dois candelabros de velório, parecia só uma mancha na grande cortina de veludo negro.

"Hoje vou falar sobre o silêncio", padre Bender começou. É claro, minha memória adulterou suas palavras, mas ainda assim posso, com minhas palavras de hoje, relembrar alguma coisa. "Muita gente pensa que o silêncio é ignorante", ele prosseguiu. "Que o silêncio não ouve." Eu não podia entender onde ele desejava chegar, aquilo me parecia muito abstrato, mas apesar disso passei a sentir uma forte aflição. "Pois o silêncio pode significar muitas coisas", padre Bender prosseguiu: "Pode ser, por exemplo, a maneira mais grave de proferir uma sentença."

Ainda continuou um pouco com sua pregação abstrata até que René, o menino diabólico, dando um salto na cadeira, gritou: "Está bem: fui eu! Eu confesso!" Ninguém poderia esperar aquele arrependimento público – aquilo era, sem dúvida, uma surpresa. "Eu sou o presidente Jânio Quadros", o pequeno René acrescentou, trêmulo, os olhos já marejados. "Jânio sou eu." E, com a cabeça debruçada sobre o peito, as unhas sujas de chocolate enfiadas na barra do paletó, começou a chorar.

Padre Bender, que era um homem experiente e sabia que a fé dispensa os rituais litúrgicos, disse: "Pois eu te absolvo – e a todos vocês que pretenderam me enganar." Abençoou os alunos e, arrastando-se com sua bengala de cedro, as orelhas imensas apontando para o alto, desapareceu atrás das cortinas.

NÃO OLHE PARA CIMA, OLHE PARA BAIXO

Na página 181 de uma antiga edição portuguesa de *O castelo*, de Franz Kafka, que comprei em Lisboa ainda nos anos 1970 e que só recentemente me dediquei a ler, encontrei uma frase, dita por K. a seu cocheiro, que me soou em absoluto desacordo com a narrativa, como se ali surgisse só por obra de algum tipógrafo provocador. K. diz: "Não olhe para cima, como todos fazem, olhe para baixo." Em nenhuma das outras edições do romance de Kafka que consultei posteriormente tal frase reaparece, de modo que ali deve ter sido colocada por um revisor brincalhão (e é inevitável pensar em *A história do cerco de Lisboa*, o romance de José Saramago, livro em que uma frase apócrifa, acrescentada por um revisor audacioso, inverte os rumos dos acontecimentos).

Tentei encontrar outros exemplares da mesma edição portuguesa de *O castelo*, para verificar se aquela frase era um privilégio do meu, ou se estava disseminada por toda uma tiragem, mas não tive sucesso em minha busca. Fiquei com a frase, insensata e inútil e, porque às vezes as idéias fixas me dominam, ou talvez só por impaciência, decidi testar sua eficácia na vida real.

Sempre que me deparo com Anette, a recepcionista do escritório de representações comerciais em que trabalho, detenho-me em seus lábios musculosos, que ela sublinha com batom carmim. Certa manhã, seguindo as instruções da frase falsa de Franz Kafka, detive-me, ao contrário, em seus pés, e tive mesmo uma surpresa. Traída pela pressa, Anette calçara um sapato marrom, e outro preto – e nada percebeu, pois se movimentava pelos corredores com o espalhafato costumeiro. Foi impossível disfarçar minha admiração e, ao se dar conta do erro, ela largou a pilha de processos sobre um sofá para, numa reação inútil, pois um banheiro não é uma sapataria, trancar-se no reservado feminino.

A frase de Kafka, eu devia admitir, funcionava: ela servia para deslocar a realidade. E assim, invertendo as posições dos objetos, destacar o que em geral fica escondido. Na sala do sr. Endo, enquanto ele se debate entre os fios de telefone e as anotações das secretárias, por exemplo, sempre me distraio observando uma cópia horrorosa do *Orquidário com sorvete*, de Turner, fixada logo acima da poltrona. Foi o que, sem pensar, comecei a fazer até que, lembrando-me de Kafka e de sua frase, desci os olhos pela parede chegando a uma espécie de nicho em madeira, que me lembrou uma gaiola, que o sr. Endo tem bem à altura de sua mão direita.

É, na verdade, um cofre e, para minha surpresa, estava aberto; dentro dele reluzia uma pedra verde, com a dimensão de um ovo, acomodada entre dois maços de dólares. Meu chefe, apesar dos telefones, percebeu meu interesse em seu segredo e, fazendo a cadeira girar um pouco, desferiu um pequeno soco na portinhola de aço, cerrando o cofre. Terminando sua ligação, fitou-me com alguma angústia, mas, quando julguei que se preparasse para me repreender, simplesmente disse: "E o Fluminense, ontem, você viu?"

Há uma mendiga, que todos tratam por Gilda, que esmola numa esquina da Praça da Estrela. Deve ter seus 70 anos e, mais que o ar sofrido, o que nela impressiona é a expressão de contrariedade. Por causa desse semblante, sempre jogo uns trocados na caixa de sapatos que Gilda carrega a tiracolo, sustentada só por um elástico de sutiã. Nesse dia, porém, preferi descer os olhos até os pés da mulher, parcialmente escondidos sob a saia em trapos. Era meio-dia, o sol batia na vertical e por isso as unhas de seus pés, pintadas em turquesa entre cutículas impecavelmente polidas, pareciam expostas num pedestal. Era uma falsa miserável, eu pensei, tão falsa quanto a falsa frase de Kafka – e, apesar de falsa, ou por isso, tão eficiente quanto ela.

    Peguei a nota de cinco reais que tinha nas mãos, erguida já a um palmo da caixa de Gilda, e a devolvi ao bolso. "Belos pés", eu disse, com um sorriso. Como as palavras são mesmo inúteis, Gilda continua até hoje a mendigar exatamente na mesma esquina, sem que a importunem.

    Achei que aquilo bastava. Voltei para casa, peguei um lápis bem forte, de ponta grossa, e risquei nas páginas de minha edição portuguesa a frase falsa de Kafka. Algumas vezes, contudo, quando a nitidez do mundo me asfixia, ergo contra a luz a página 181 de *O castelo* e, com muito esforço, empenho-me em reler a frase eliminada, na esperança de que a mentira, contraposta à rudeza do mundo, possa me consolar.

QUANDO BUSCO, ENCONTRAM-ME

Tenho tentado falar com o dr. Kupka, o psicanalista que tratou de Maria, mas ele se recusa a me atender. Manda recados pela secretária, dizendo que nada pode fazer por mim, que eu entenda que as coisas têm um limite, e outras desculpas ainda mais deploráveis. Ontem, fornecendo um nome falso, o de Mozart, marquei uma consulta com o dr. L. Kupka. Agora estou em sua sala de espera. Não me parece adequado que um psicanalista deixe em sua cesta de jornais um exemplar de *A Pena Veloz*, a revista dos novos futuristas de Minas, fato que configura, me parece, uma intimidação intelectual. Não é preciso ser um psicanalista para saber que neuróticos são muito influenciáveis e, portanto, vulneráveis a estímulos externos.

Volto a pensar em Maria que, desde que desapareceu em agosto, só me escreveu uma vez. Em meados de setembro, ela me enviou uma fotografia, postada de Natal. No verso, diz: "Estou bem. Não darei mais notícias por enquanto. Eu não fugi, eu me encontrei." Tomei um avião para Natal onde meu amigo Pedro Vicente, o editor, me ajudou a procurá-la. Vasculhamos hotéis, hospitais, delegacias, necrotérios, até que desisti. Quando nos despedimos no aeroporto, Pedro me disse: "Sem desprezar sua dor, preciso admitir que, nesses dias, me senti em um conto de suspense." Pedro tem toda a razão: desaparecendo, Maria nos transformou em seus personagens, e agora sofremos da mesma solidão que caracteriza as personalidades literárias, ingênuas e submissas, à deriva nas mãos de seus autores.

O dr. Kupka abre a porta e diz: "sr. Mozart, pode entrar". Há um divã azul, coberto por um tapete, mas prefiro me acomodar numa cadeira austríaca, face a face com o médico. Todos os sintomas freudianos estão ali: o doutor fuma seu charuto, veste-se com cores escuras e parece sonolento. Isso me irrita. Até que, sobre a mesa de canto, vejo a fotografia de um velho sorridente, com o pescoço espremido numa gravata borboleta.

Reparo que Kupka usa a mesma borboleta que o velho, provavelmente um analista famoso. Afora isso, permanece em silêncio episcopal – aliás, tem as mãos cruzadas sobre a barriga, como fazem os bispos quando passeiam pelos corredores eclesiásticos, ou esperam seu motorista no jardim. Não sei até onde devo prosseguir com meu teatro. Não posso falhar: ou consigo uma pista de Maria, uma só que seja, ou estarei perdido. O que me restará a fazer para encontrá-la?

"Não ando me sentindo bem. Tenho tido pesadelos repetitivos, sempre com uma moça chamada Maria", eu começo a dizer. O dr. Kupka se entusiasma. "E como é essa Maria?", ele pergunta. Explico que o problema é justamente esse: não consigo saber. Durante os sonhos, sua imagem é nítida, mas, assim que acordo, ela se evapora. Talvez seja isso que me deixa cada vez pior, eu comento. O doutor nada diz.

Meus olhos passeiam discretamente pela parede lateral, decorada com aquarelas, fotografias e diplomas. Entre eles, deparo com um retrato de Maria, idêntico ao que ela me enviou de Natal. Creio que consigo disfarçar minha surpresa, pois Kupka continua concentrado em seu charuto. "Suspeito que Maria tem um amante", deixo escapar. O psicanalista parece interessado, pois pergunta: "E esse homem também aparece em seus sonhos?" Não, não aparece, eu explico, e esse é o problema. É só uma suspeita, mas me deixa muito aflito.

"Então, pense nessa suspeita", o dr. Kupka me diz, erguendo-se, sinal de que nossa consulta terminou. Ainda esboço um cumprimento, mas retiro a mão a meio do caminho e, sem chegar a decidir que diria isso, eu digo: "Sou o marido de Maria. O que a foto de minha mulher faz em sua parede?" O psicanalista abre a porta e, sem nada dizer, espera que eu saia. Saio, até porque sou um sujeito cordato, que despreza os escândalos. Caminho até o elevador e, enquanto espero, não ouço a porta se fechar atrás de mim, o que indica que ele me vigia. Pois que perca o seu tempo.

Agora aqui estou, na calçada defronte ao prédio de L. Kupka e, recostado num carro, espero que ele saia. Aqui na rua não seremos mais médico e paciente, seremos dois homens comuns. Poderemos, então, acertar nossas contas, eu penso.

Antes que isso possa ocorrer, alguém me abraça pelas costas. É Maria. "Sabe que eu te amo?", ela me diz. Eu a beijo e vamos jantar no Café Sevilha. Ela parece muito feliz. Não trocamos uma só palavra sobre o que aconteceu.

OS DENTES MEDONHOS
DE UM RELATO

O envelope, enviado pelo dr. Edson Amâncio, chega numa tarde de domingo, exibindo bordas lacradas com fechos de bronze, um tom mortiço, de desnutrição, e uns carimbos garbosos aplicados sobre a face. Na linha superior, em letras largas, pode-se ler a desconfortável palavra: "Eletroencefalograma".

A primeira pergunta que me vem é: estarei assim tão mal que já não posso recordar dos exames que fiz? O teste em questão, alguém me explica, mede as correntes elétricas que circulam pelo interior do cérebro. O esclarecimento me leva a imaginar a caixa craniana como um depósito de válvulas, fios de alta voltagem e pinos. Não posso ter uma coisa dessas dentro da cabeça, penso.

Antes de descerrar o envelope, ocorre-me que é mais prudente telefonar para o laboratório do dr. Amâncio em busca de uma explicação. Melhor não correr o risco, além disso, de violar o diagnóstico alheio, previno-me. Além do mais, se for mesmo meu, não teria coragem de ler o laudo no estado de prostração em que me encontro. Há dois dias, Chica me abandonou, trocando-me por um comissário de bordo escocês, a quem ela chama apenas de God. Meu único filho, Benedito, está casado (malcasado), é manequim (o que acho odioso) e vive no bairro português de Newark. Por contraste, por estar distante de uma mulher traiçoeira e de um filho fracassado, julguei apreciar a solidão; mas este envelope vem me lembrar (e nem preciso abri-lo para que me diga isso) que ainda não estou preparado para ela.

Preciso, ao menos, que o senhor esteja ao telefone, na ponta oposta da linha, ouvindo minha respiração acelerada e minhas palavras (eu que agora me vejo como um locutor, a irradiar sua própria desdita). Se não for assim, não poderei abrir o exame que recebi, eu digo ao doutor Amâncio. Depois de um breve silêncio, durante o qual, eu suponho, ele consulta seu arquivo de pacientes, o médico responde: "Você nunca esteve em meu laboratório. Logo, esse laudo não foi expedido por mim." Impossível, eu o contesto. Agora mesmo tenho em minhas mãos um envelope, em que seu nome e especialidade aparecem registrados. E sou eu mesmo o destinatário. "Então o abra", o médico ordena. "Se isso existe, vamos ver o que é."

É o que, sem alternativas, me apresso a fazer. Arranco a barra do envelope e penso: "O doutor Amâncio está ao telefone. Não estou sozinho. Se o pior acontecer, estarei amparado." Dentro, no entanto, não encontro um diagnóstico, mas sim um conto – uma continuação para *O crocodilo*, a novela inacabada de Fiodor Dostoievski; a história de um réptil que devorou um homem sem matá-lo. Vem assinado pelo próprio Amâncio e metodicamente dobrado em três partes, como um documento pontifício. A caligrafia é impecável.

Por que o senhor não me disse logo? – eu protesto. Só agora Amâncio se justifica: "Porque sua reação faz parte do conto que escrevi." Para o doutor Amâncio, a resposta do leitor a um relato ainda é parte do próprio relato; passa a ser, podemos pensar, sua verdadeira conclusão. "Livros sempre ultrapassam o ponto final e terminam na cabeça do leitor", ele argumenta. Talvez por isso Dostoievski tenha preferido deixar *O crocodilo* incompleto. Para estimular seus leitores a terminá-lo. Mas só Amâncio entendeu essa intenção secreta.

Acomodo-me no banco em que Chica se maquiava e leio, de uma só assentada, a conclusão para *O crocodilo*. Custo a acreditar que não seja mesmo um Dostoievski. Estou nas últimas linhas, quando o telefone me interrompe. É Amâncio. "Já terminou?", pergunta, cheio de ânsia. Me dê mais dois minutos, eu peço. E dessa vez não desligo.

Antes de chegar ao fim, contudo, subitamente, sinto uma pressão no topo da cabeça. Logo depois, desmaio. Percebendo que algo de errado aconteceu, o doutor Amâncio corre para meu apartamento. Com o auxílio dos porteiros, arromba a porta. Com a ajuda de uns sais medicinais, me traz de volta. O doutor Amâncio me examina, toma o pulso, a temperatura, os batimentos cardíacos. Depois, pede ao porteiro que vá à cozinha e me prepare um café.

Que crocodilos devorem pessoas vivas, eu lhe digo, ainda posso aceitar. Mas nunca pensei que contos pudessem engolir seus leitores! – eu grito, apontando os originais. E foi mesmo o que senti: que o conto me sugava. Depois de ter certeza de que estou melhor, Amâncio pega seus originais e, visivelmente satisfeito, se despede. "Enfim sei que a literatura serve para algo", comenta. Ao me cumprimentar com um rápido abraço, ainda me diz: "Contos também podem engolir pessoas."

MEDITAÇÃO COM ESCOVA DE DENTE

*E*u queria ser como você, o advogado pensa, olhando para sua escova de dente. Queria estar aí, estendido em seu lugar, os cabelos apontando para cima, insensível às iniqüidades do mundo – e não amarrado aos processos que levo nas costas, ele pensa ainda. Queria ser uma escova de dente, o advogado repete para si, já desconfiado com o que pensa, enquanto ainda saboreia o gosto da noite. Fica de pé, o advogado Mendes, ainda não ousa tocar em sua escova que, deitada entre frascos de lavanda, tubos de dentifrícios, borrifadores de gengiva, espera sua vez.

Mendes permanece imóvel. Sabe que, dali a poucos minutos, o motorista da Mendes & Passarinho começará a buzinar, como sempre faz, diante da portaria. E ele, o advogado Mendes, mais uma vez, estará atrasado, pois anda sempre em descompasso não só com o tempo, mas consigo mesmo. Passa a mão direita espalmada pela careca alisando cabelos que não tem e volta a observar a escova, o cabo de borracha, as cerdas tortas, um objeto a um passo da lixeira. Eu queria ser uma escova de dente, ele diz, agora em voz alta. E toma outro susto.

Ainda perplexo com o que disse, o advogado se aboleta na borda da banheira e volta a pensar. Mas eu seria mesmo feliz? – ele se pergunta. Dias e noites deitado, braços e pernas apontando para o revestimento em fórmica que lhe serviria de céu e, o que parece mais grave, já sem poder dispor dos pensamentos. Pois uma escova de dente, o advogado pensa, uma escova de dente não pensa. Não tem nem mesmo o consolo das idéias. Ou o inferno das idéias – sempre as mesmas, indo e vindo, girando incansáveis em sua cabeça, laboriosas, mas inúteis. Talvez fosse melhor não pensar, Mendes conclui e, num impulso, se levanta. Volta a olhar a escova, imóvel em seu estado de objeto, e tenta se imaginar ali, em seu lugar. Seria pior ainda, por que se iludir? Seria a morte, transformada em utilidade – já que não há como negar que uma escova de dente, mesmo a mais desprezível delas, é sempre útil.

Poderia substituir o cabo plástico por um de metal, em vez das cerdas torcidas disporia de maleáveis fios sintéticos, talvez até de algum adereço, qualquer coisa que lhe tirasse aquele estado asséptico de coisa prática. Já que até as coisas, Mendes pensa, necessitam do supérfluo. E pega a escova, disposto a lhe dar a borra de pasta para a qual ela foi feita. Abre o tubo, aspira o perfume da clorofila, não o suporta. Como previa, o motorista da Mendes & Passarinho já está a buzinar. Odete acorda e grita: "Mendes, você está atrasado!" Tenta dizer que sabe, que já sabe, que está farto de saber; mas continua preso à escova que, ainda sem a pasta, o espera.

Eu queria ser uma escova de dente, Mendes continua a pensar, atônito com o que pensa. Mas será que suportaria? Seria feliz aí deitado, quieto, sem motorista, sem uma mulher a gritar, sem seus processos, sem aquele pijama ridículo? Ocorre-lhe que objetos não têm problemas existenciais; desgastam-se, sim, mas sem crises, sem muxoxos, e um dia, simplesmente, vão para o lixo – dispensando até mesmo a pompa de um funeral. Parece menos penoso, menos dramático. Parece melhor ser uma escova, um pente, um tubo de pasta. Mas será mesmo?

Queria ser, o advogado volta a pensar. Queria sim. Outra vez a buzina, seguida pelo grito de Odete: "Vai se atrasar!" Mas não suportaria, não aquela rigidez, não aquelas pernas e braços e cabeleira sempre direcionados para o alto, a reverenciar o deus das escovas de dente. Mas que deus será este? Não suportaria o odor de menta, nem o frio dos ladrilhos, ou o vapor dos banhos quentes. Queria ser, pensa, talvez ficasse muito aliviado por deixar de ser quem é – mas seria o mesmo que morrer. E, pensando assim, gira a torneira da ducha, deixando a água cair. Está nu. Agora vai tomar seu banho. A água bate em sua cabeça, em seu peito, em seus pés. Logo estará no automóvel, a ouvir os comentários monótonos do motorista. Logo será o advogado – enquanto a escova continuará ali, contrita em sua pose de escova, imperturbável. Assim é melhor, ele pensa. Enxuga-se. Vai se vestir, mas uma força o impede. Decide se estirar, só por alguns minutos, ao longo da banheira. Só por uns instantes, nada mais, ele se convence.

Odete o encontra assim, braços e pernas erguidos, congelados, os cabelos em desalinho a apontar o céu de ladrilhos, o odor da clorofila exalando de seus poros. "Meu marido parece uma barata morta", a mulher grita, já fora de si. Sem sequer notar a escova que, em sua prateleira de vidro, continua paciente a esperar.

ESCRITORES
NÃO SÃO RATOS

*T*udo o que os escritores dizem é uma grande bobagem, me assegurou T. enquanto aguardávamos que nos trouxessem o cardápio. Tudo o que declaram, em entrevistas, em artigos na imprensa, em *sites* da internet, em seminários, nada presta. É tudo lixo, imundície.

Escritores deviam ficar de boca fechada, T. disse ainda, e se fosse possível (era uma pena que isso não fosse possível, ele comentou) deviam se tornar invisíveis. Se falam, é para mentir. Se aparecem em público, ainda que permaneçam calados, é para distrair a atenção dos leitores. Se põem só a ponta do nariz para fora da cortina, é para infernizar a vida dos outros.

Conheci T. por acaso, num almoço da editora. Só trocamos duas palavras no banheiro, mesmo assim porque ele me pediu para ajudá-lo com a tampa do toalheiro, que não conseguia abrir. Não gostei de sua cara. Logo depois da sobremesa, ele veio com aquela conversa. Veja você, T. me disse, aquela senhora nariguda, que escreve contos sentimentais, só publica porque os editores temem seu marido. Aquele cara de bigodes só tem seus romances publicados porque é um jornalista influente. Aquele rapaz triste, cujos livros os editores desprezam, ele continuou, só consegue publicar porque seu primeiro romance foi elogiado em Paris. Todos uns mentirosos, uns pulhas, ele disse.

Todos com a exceção de T., que passa os dias em casa para não se contaminar com a vida literária, que se sente perseguido pelos críticos e acredita, sinceramente, que muitos escritores estão na literatura só como intrusos. Só escrevem por dinheiro, T. ainda comentou, nada têm a ver com a literatura, limitam-se a tirar proveito dela.

Não sei por que resolvi convidar T. para almoçar no Budapeste, se bastaria entrevistá-lo por telefone. Mas T. não gosta de entrevistas e desconfia do jornalismo literário. Achei que cara a cara, vendo que não sou um rato, ele relaxaria. Foi uma bobagem. Fiz minhas perguntas, ele respondeu, tudo muito adequado. Mas havia um zumbido, quase imperceptível, que deformava nossas palavras e transformava aquela conversa num suplício.

Você mesmo, T. me disse, não passa de um mentiroso. Como é possível fazer jornalismo literário e ser escritor? Aquilo foi agressivo, mas ele falou com o jeito neutro do médico que te comunica um diagnóstico grave. Você devia parar de escrever, T. continuou. Pois eu acho que você é um sujeito de muito talento, limitei-me a responder. Aprendi com meu pai que, às vezes, a delicadeza é a melhor forma de grosseria. Você dá ao sujeito o que ele não espera e aquilo dói mais que tudo.

Eu me esforçara para gostar do último livro de T. porque o sr. Espinheira, o grande crítico, o definiu como "desnorteante". Nem sempre concordo com as opiniões do sr. Espinheira. Aquele julgamento, contudo, me levara a ser tolerante com T. – e agora T. vinha com aquilo.

Ergui-me, peguei o exemplar do romance que ele acabara de me autografar, abri numa página qualquer e, em alto e bom tom, comecei a ler. A primeira reação dos que almoçavam no Budapeste foi o silêncio reverente. Aos poucos, contudo, os filés foram deixados pelo meio, as contas foram pedidas com urgência e o restaurante esvaziou.

Quando percebeu o que acontecia, T. se levantou e foi embora. Ainda insisti por uns parágrafos a mais, até que uma senhora de bigodes, erguendo-se agarrada à bolsa, me disse: "O senhor me poupou de um constrangimento. Eu planejava dar esse lixo para minha filha."

Agora T. espalha por aí que sou um sujeito intratável. Talvez eu seja só um temperamental. Talvez não. Como T. mesmo disse, escritores são mentirosos e deviam permanecer calados. Ele também.

Só existe hoje um escritor realmente importante no Brasil, a mulher de T. costuma dizer, em público. Meu marido, ela enche a boca para revelar. Meu marido está revirando a literatura brasileira.

O que se pode fazer com uma tolice desse tamanho, que mais parece a publicidade de uma loja de agasalhos *double-face*? Provavelmente nada. Já fiz a minha parte, já expus o livro de T. à prova de seus leitores. Eu amo os livros e não aprecio que sejam odiados, mas às vezes é preciso ser forte.

UMA RAZÃO
PARA ESCREVER

*F*laubert confessou em suas cartas que a literatura era uma pedra em que ele, desesperado, se agarrava, na esperança de não se afogar. Embora admitindo que fazia o mesmo uso da escrita, que a praticava como um expediente de salvação, Kafka reconheceu, certa vez, seu desgosto com esse procedimento. "Ao escrever, fujo de mim mesmo, mas é sempre comigo mesmo que me encontro depois do ponto final", explicou a um amigo, Gustav Janouch, sem esconder a decepção.

Escrever para fugir, ou escrever para se encontrar? A essa questão sem saída, que sempre inquietou os escritores, o romancista Gastão Pinheirinho ofereceu, num recente congresso literário em Valongo, uma terceira resposta. "Não escrevo para fugir, nem para me encontrar", ele disse. "Escrevo para sonhar." Com essa afirmação, afinal bastante vulgar, seus problemas começaram. Por causa dela, Pinheirinho mofa, hoje, numa cela de convento, sem receber visitas, submetido a uma rígida dieta que o afasta, para sempre, da literatura.

Agora mesmo, aqui, diante dele, enquanto dorme abraçado ao par de asas de papelão e cetim que construiu para simbolizar sua tese literária, posso sentir o peso de seu infortúnio. Ninguém poderia alçar vôo carregando um fardo assim, eu penso. Vamos, meu amigo, aqui estou para dizer que o entendo, sussurro, mas Pinheirinho não se move. Seu sono, petrificado, mais parece um coma. Tornou-se, talvez, uma estátua – a literatura feita insígnia. A respiração é baixa, está pálido, mas apesar disso parece feliz. Gastão Pinheirinho sofre, desde menino, de um notável mal: não pode sonhar. Seu psiquiatra lhe explicou que, recordando dos sonhos ou não, todos sonhamos; só que alguns de nós, por razões misteriosas, não podem recordar o que sonham. A tese, contudo, não o consolou. "Afirmo que nunca sonhei e só imagino o que seja um sonho porque, um dia, me disseram que eles se parecem com os romances", Pinheirinho declarou. A descoberta do paralelo entre os sonhos e as ficções o levou à literatura – ele que era, apenas, um professor de álgebra. Desde então, não parou mais de escrever e, se passava um só dia sem fazê-lo, ficava nervoso, inquieto, como se estivesse insone.

Acontece que, de tanto escrever e escrever, Pinheirinho terminou por achar que a vida era, na verdade, um grande livro. "Cheguei à conclusão de que tudo o que se passa fora dos livros é falso", ele me disse. "Só a literatura me interessa porque só a literatura é verdadeira." Ao associar literatura e verdade, Pinheirinho passou a dispensar as obrigações da vida comum. Já não se alimentava, não se barbeava, não comia, cortou todos os vínculos sociais – tornou-se, ele também, um livro, se posso dizer assim. E por isso o internaram no convento.

Agora que o vejo dormir, abandonado, acho que posso entender o abismo em que esse apego aos livros o lançou. Vamos, Pinheirinho, acorde e converse um pouco, eu lhe digo, mas ele não se move. Agarra-se às asas de cetim, com força, como um bebê a sua chupeta. Parece convicto demais para acordar. Acordar para um mundo tão inconstante provoca, de fato, alguma dúvida. Para viver, é preciso não ver.

Até que, num estalo, o olhar duro, a face arreganhada pelo susto, Pinheirinho acorda. Acorda e me agarra, como se agora eu, e não mais a literatura, pudesse lhe servir como tábua de salvação. "Eu tive um sonho", Pinheirinho me diz, maravilhado. "Um sonho rápido, sem sentido, cheio de buracos, mas um sonho." Peço que se acalme, que respire fundo, que tome um pouco da água que madre Filomena deixou sobre o aparador. Ele me obedece, mas seu aspecto ainda é o de quem, mesmo acordado, continua a olhar para dentro. "Agora sei o que é um sonho", me diz. "Agora sei que eles existem."

Agora que já não precisa da literatura para sonhar, Pinheirinho poderá decidir, como fizeram Flaubert e Kafka em seu tempo, se escreve para fugir, ou se escreve para se encontrar. Fugindo ou encontrando, porém, todo escritor está atado a essa malha de pesadelos que existe sob os livros. Pinheirinho, porque não se recordava de seus sonhos, não podia tocá-la.

Agora Pinheirinho pode fazer a pergunta canônica – fugir ou encontrar? – e debatê-la, sereno, com seus pares. Poderá tomar uma posição, ou outra, definir-se. Indiferente à solução que der a essa dúvida, a literatura continuará seu caminho. Até porque a literatura, para existir, precisa da indiferença. É também com grande desinteresse, quase negligência, que todos sonhamos, mas os sonhos não se tornam desprezíveis por isso. Ao contrário.

O SENTIDO INCERTO
DAS PALAVRAS

*T*alvez haja um modo de convencer Tobias de que o mais adequado, agora, é procurar outro hotel. "Você sempre se deixa tomar pelas primeiras impressões", meu amigo refuta. "Esse hotel não é tão ruim assim, vamos nos acostumar logo". Só que já não me interesso mais pelas coisas que devo apenas suportar; da vida, já tolerei o bastante e agora quero escolher um pouco. Eu penso, mas não ouso dizer.

Já na recepção, não posso aturar o odor daqueles cachorros, com os pêlos cobertos de chagas, que dormem estendidos ao longo do balcão de *check-in*. Não posso suportar também a mulher nariguda, de olheiras de mata-borrão, que controla a saída e entrada das chaves, vigia o movimento dos *office-boys* e ainda atende na mesa telefônica. Não sei como pode sustentar os três papéis, como não falha – ou parece não falhar. Grande atriz que é, concluo.

"Eles não pagam bem os empregados", eu resmungo, mas Tobias me interrompe: "Relaxe, você é só um hóspede", ele diz, "e depois serão apenas duas noites". É verdade: duas noites em que dividiremos o mesmo quarto; mas não as mesmas angústias, pelo que já posso concluir. Seria bem melhor estar sozinho, não posso deixar de pensar.

Pegamos as chaves e subimos. Ninguém nos escolta. O quarto, o 117, fica bem na esquina do imenso corredor em L e, quando empurramos a porta, dele emana um cheiro de bolor que se assemelha ao tédio. "Abrindo as janelas, isso melhora", Tobias me diz, decifrando meus pensamentos. Hotel da Luz, eu leio no alto do cardápio do frigobar. Mas, se houvesse de fato luz, não haveria esse bolor que recobre as paredes. Duas camas estreitas, com travesseiros altos, nos esperam. O banheiro é tão apertado quanto as camas. A única janela dá para um estacionamento. Quando ligam o primeiro motor, um estrondo toma conta do quarto, seguido pela fumaça grossa. Não vou ficar aqui nem mais um minuto, eu penso, mas ainda não ouso dizer.

Já não tenho forças para reagir à segurança de Tobias, a sua maneira sólida, espontânea, sem nuances, de se relacionar com o mundo. Maldita hora em que me empreguei como seu mordomo, sou obrigado a pensar. Bem, para um mordomo, até que tenho muitas regalias: ele divide o quarto comigo, me trata de igual para igual e ainda ouve, e considera, e até responde, minhas lamúrias. Mas de que essa paciência me serve, se no fim eu sempre me submeto?

Tento ficar calmo. "Vá tomar seu banho primeiro, senhor", eu digo – mas ele sabe que nunca o trato por senhor e, quando o faço, é só por ironia. "Toma jeito, vai!", ele retruca. Tobias acha que é uma gentileza dividir o quarto comigo, mas sei que só me suporta porque é avaro. E ainda tenho de agüentar seu ronco de bimotor. Isso quando não desanda a falar durante a noite, e então recita trechos de relatórios comerciais ou, o mais constrangedor, balbucia palavras de amor para Ieda. Por que diabos não se casam logo? Talvez, aí, ele me deixasse ir. Ou, ao menos, eu pudesse conservar alguma distância.

Ouço um estrondo, que me faz saltar da cama. Tobias já está debruçado na janela. "Parece que foi um acidente grave", diz. "Mas por que o barulho retardado?", eu o contesto. "E lá vou saber?" Mais dois ou três estampidos, sempre mais fortes, até que decidimos enfiar as calças e descer. "Algo está acontecendo", digo, "algo de muito ruim". É melhor ter pressa.

O gerente, ainda de pijamas, agarra um dos cachorros pulguentos, o maior, que força para se lançar sobre uns sujeitos de revólveres em punho. "Vamos matar esse bicho", um rapazote diz e, enquanto diz, já atira, mas erra. A bala pega na perna de um homem com chapéu de cozinheiro. Outros hóspedes, com as mãos erguidas sobre a cabeça, se perfilam em fila indiana ao longo do balcão, já sob a mira das armas. É um assalto, mas o que irão roubar? Pelo roupão da velha que está a meu lado, uma peça de seda cheia de dentadas, posso ver que não haverá grande coisa. Começam a revistar as gavetas, os bolsos dos pijamas, os escaninhos da secretaria até que, com um novo estampido, as luzes se apagam. Só que agora não foi um tiro, eu tenho certeza, mesmo sem saber o que foi.

No escuro absoluto, sob o fogo de uns disparos cegos, consigo fugir para rua. Uma multidão já cerca o hotel. Tobias aparece logo depois e, emotivo, me abraça. "Fomos salvos pelas trevas", ele diz enquanto o néon luminoso, em letras vermelhas, continua a cintilar o nome da casa, Hotel da Luz. E não posso negar que, apesar da escuridão que ainda toma conta do átrio, esse nome agora me parece bastante adequado.

PARA QUE SERVEM OS PSIQUIATRAS?

Abalado com minha apatia, que ele contemplava como um enigma, meu pai decidiu me levar ao doutor López Ibor, o famoso psiquiatra de Madri, o mesmo médico que, anos antes, tratara com sucesso o poeta João Cabral de Melo Neto de uma estafa grave. Por coincidência, López Ibor passava uma temporada no Rio, dando aulas de psicossomática e, nas horas vagas, recebia pacientes no consultório de um colega brasileiro.

Lembro-me que, antes mesmo de ser recebido pelo médico espanhol, já o imaginara como um homem imenso, de dedos longos afivelados por unhas de açougueiro, e um queixo devastador, pronto a me submeter às mais penosas perguntas. Eu sofria de um mal que era incapaz de descrever; uma inquietude disforme que me parecia inalcançável pela medicina. Além disso, o psiquiatra marcara a consulta para as nove da noite, o que acentuava seu caráter funesto. Subimos, meu pai e eu, uma escada estreita, depois atravessamos um corredor em penumbra, até que, já no fim, topamos com uma placa que dizia apenas: "Doenças dos nervos". Que diabos aquilo queria dizer?

A sala de espera estava vazia. Era um ambiente abafado e antigo no qual se destacava um cabide de pé em forma de buquê; ao lado havia um cilindro de cobre destinado aos guarda-chuvas e, logo depois, um espelho embaçado, cujo formato imitava um cometa. O sofá era desconfortável e meu pai não conseguia se acomodar; ergueu-se e, sem sucesso, tentou abrir a única janela, de modo que ali ficamos, respirando aquele odor de derrota. De repente, um ruído de borracha friccionando contra o assoalho indicou que López Ibor, com seus sapatos andaluzes, vinha nos receber. Não cumprimentou meu pai, sequer olhou para ele. E, quando me puxou pela mão e meu pai fez um esboço de intenção de me seguir, só aí, ouvimos sua voz: "O senhor, por favor, espere aqui mesmo", disse, como se tossisse. A palma de sua mão estava úmida e eu pensei que talvez tivesse se esquecido de enxugá-la. Indisposto com o calor carioca, ele transpirava fortemente e, às vezes, como se isso o aliviasse, bufava. Aboletou-se em sua poltrona, me deixando de pé no meio do consultório sem saber o que, afinal, ele esperava de mim; puxou um lenço, que passou a friccionar contra a testa, e se pôs a me examinar, em silêncio.

 Sentei-me, por fim, num pequeno banco que encontrei perto da estante. Ele ali estava, certamente, à espera de alguém que desejasse alcançar as prateleiras mais altas, não dos pacientes, para quem o médico parecia destinar não um sofá azul de cabeceira estufada, que me pareceu inoportuno num consultório, mas uma poltrona negra, de espaldar oval, que ficava bem à sua frente. Mas Ibor não se importou com minha preferência pelo banquinho e, como prova disso, ainda esticou os pés sobre a cabeceira do divã, como se ali, de fato não fosse o lugar para um pirralho como eu.

 Ficou estalando as articulações dos dedos, num ritmo pouco espanhol, depois fechou os olhos não como quem dorme, mas sim tenta encontrar algum objeto perdido dentro de si. Limitei-me a aguardar que voltasse a abri-los, e de fato o fez, muito suavemente, o que era desnecessário já que estávamos na penumbra. Foram longos minutos, de alguma confusão mental, até que López Ibor abriu uma gaveta, tirou um pião e, com um estalar de dedos, o fez girar sobre o assoalho. Passei a acompanhar os volteios do brinquedo, o que era cansativo, já que ele girava sempre na mesma cadência, decrescente, até a inevitável queda para o lado. Nada havia de atraente naquilo, mas era bem melhor que olhar para López Ibor com suas garras de matador. "Vamos chamar seu pai", disse, um longo tempo depois. Dessa vez, me coube aguardar sozinho na ante-sala. A conversa (pois eu ouvia murmúrios, indefinidos, e meu pai não podia disfarçar sua voz de martelo) foi bem longa, o que me deixou apreensivo. Quando finalmente a porta se abriu, já não vi Ibor, ou melhor, vi apenas a ponta de seu jaleco branco (não sei se disse que ele se vestia como os enfermeiros nos filmes de guerra). Imitando-o, meu pai me pegou pelo braço e, sem nada dizer, me arrastou para o corredor.

Assim que chegamos em casa, trancou-se com minha mãe na biblioteca. Esperei do lado de fora, sentado com as pernas cruzadas, como um místico que aguarda uma revelação. Quando enfim abriram a porta, meu pai, bastante surpreso, me perguntou: "E você, o que faz aqui?" Nem esperou que eu respondesse, dando-me as costas. Então, minha mãe se aproximou e, com sua voz de cartomante, sugeriu: "Algo me diz que há um bolo de chocolate nos esperando na cozinha."

O PODER DAS
TELAS DE WRAPP

Disseram-me que Ondina passa as noites na capela, ajoelhada diante das imagens barrocas. Pratica uma fé movida à dor, os joelhos deformados, as artérias expostas, rótulas alquebradas pela oração. Vê-la assim deixa Tobias muito aflito, não porque se oponha à fé, embora ele próprio não tenha religião, mas porque, como médico, cultiva grande repulsa ao sofrimento. Eu mesmo, numa intromissão infeliz, cheguei a lhe dizer: "Se você consegue tratar dos outros, por que não cura sua própria mulher?" Mas meu amigo não pode alcançar aquela fé abstrata, intensiva, que exclui o mundo e, aos poucos, também o exclui.

Aproxima-se de casa e, já da esquina, ouve os gritos. Encontra a mulher a rondar pelo corredor, em passos amplos, sem sentido. "Meu bem", ele diz, "pare um pouco e me ouça. Veja se consegue me dizer que isso vai terminar!". Só a muito custo, entende que os joelhos de Ondina, por algum motivo que ultrapassa as razões da ortopedia, não se dobram mais. Por isso ela grita, não de dor, mas de revolta.

"Já não posso ajoelhar, Tobias!", a mulher lhe diz. "As orações me foram roubadas, meu corpo furtou minha fé!" Ele ainda argumenta: "Veja, meu amor, é só uma doença. Vamos examinar, que isso se resolve". Não quer tratá-la sozinho, porém, e por isso a leva ao consultório de Eurico,

seu companheiro de colégio, médico renomado. Realizadas as chapas, as apalpações, as medidas de praxe, Eurico dá seu parecer: Ondina apresenta os joelhos feridos, mas são úlceras superficiais. Fora isso, nada tem. Não há motivo algum para o que lhe acontece.
 Vem à lembrança de Tobias certa pintura, guardada no Museu Wellington, a dois passos de sua casa. A figura de uma mulher que se debruça diante de uma imagem sagrada; conserva, contudo, o corpo reto, de modo que o que parece um ato de contrição é, na verdade, uma queda. Aquela mulher, no quadro de Wrapp, era sua mulher, ele pensa. Dois séculos antes, Wrapp anteviu o que aconteceria a Ondina, o que prova o caráter premonitório da pintura, conclui. Não pode mais afastar da mente a tela do pintor norueguês, quer decifrar aquilo que Wrapp foi capaz de ver antes dele. Talvez na tela esteja também a solução que persegue.
 E Ondina continua a gritar, como se a açoitassem. Anda pela sala de jantar, as pernas rígidas, engessadas por uma atadura invisível, os movimentos de boneca, em marcha patética, pobre Ondina, traída por seus joelhos. "Isso é um ultraje a Deus", ela diz. "Se me deito, pareço uma prostituta que se insinua; se fico de pé, me torno arrogante e vil, pois devemos nos rebaixar diante de Deus". E grita ainda mais, mas Tobias já não a ouve. Limita-se a pensar em Wrapp.
 Decide levá-la a um psiquiatra, convencido de que se trata de uma conversão histérica. O psiquiatra indica um psicanalista. O psicanalista a recebe e depois diz ao marido: "Nada há a fazer. Se a aceitasse para a análise, eu seria um calhorda". E Ondina grita, diante dos médicos, do psiquiatra alemão, do psicanalista dos Jardins. Esvazia-se, talvez na esperança de que assim as pernas murchem e, esgotadas, voltem a se dobrar. Vista de longe, parece mesmo presa em uma tela.

Até que, um dia, Ondina desiste de sofrer. "Sabe, Tobias, se Deus me quer assim, sempre rígida, ereta, é assim que irei viver", decide. Parece conformada com sua condição retilínea, com seu destino de mulher que já não pode se dobrar. "Mesmo de pé, o padre me explicou, as orações continuam a valer". Tobias a ouve, desolado, como quem recebe um comunicado de morte.

Tranca-se no quarto. Ronda, ele também, em torno da cama, do leito em que estará para sempre deitado com uma mulher destinada à posição vertical, e depois adormece, inclinado numa poltrona. Quando acorda, já no meio da noite, se dá conta de que Ondina ainda não está no quarto. Apoiado no corrimão de mármore, sempre no escuro, desce. Vai pé ante pé, cheio de dúvidas, e da porta da capela avista Ondina, ajoelhada sobre o genuflexório da família, a cabeça debruçada no peito.

Tomado pela felicidade, avança e abraça a mulher pelas costas. Ondina ergue o rosto. Está pálida, e diz: "Agora, que eu não queria mais, me foi dado! Entende, Tobias? Eu já não queria, e então recebi!" Sem compreender o que ouve, ele dá dois passos para trás e, por descuido, tropeça numa almofada. Bate com a cabeça na quina de um andor. Um filete de sangue assina seu destino.

Há uma tela de Wrapp, que Tobias nunca chegou a ver, chamada *O substituto*. Está nos depósitos do Museu Wellington, embalada em plástico grosso, esperando que a restaurem. Mostra um homem estirado no chão.

FRA ANGELICO,
FANTOCHE DOS ANJOS

Aqui estou para lhes dar um exemplo: o de Fra Angelico, o professor anunciou. Angelico, o pintor renascentista, que pintou afrescos para uma capela do Vaticano, ele esclareceu. Não estou falando da modéstia, do pudor, ou de qualquer uma dessas qualidades desnecessárias que os homens, porque se apegam demais aos valores e pouco à vida, tanto enobrecem, ele prosseguiu. Estou falando de algo bem maior, algo que ultrapassa nossa compreensão.
Vestia um avental branco que, em contraste com a cabeleira tingida em azul-marinho, ganhava um aspecto humorístico. Os óculos, ovais, resvalavam sobre a ponta do nariz, entortados pelo semblante ele também meio torcido. O professor tinha um ombro (o direito) mais alto que o outro e uma sobrancelha (a esquerda) mais alta que a outra, detalhes que lhe conferiam uma imagem hesitante – como se chegasse e, ao mesmo tempo, partisse.
Mas suas palavras eram firmes. Dizer que Fra Angelico foi um artista modesto é não compreender o que ele descobriu. É evitar o escândalo que ele nos anunciou, disse ainda. As telas de Angelico estão inundadas de luz; seus retábulos parecem querer se libertar da madeira em que se prendem. O professor foi dizendo e, enquanto dizia, balan-

çava os braços no ar, em movimentos ondulados e levíssimos, imitando o bater das asas nos pássaros. Falando do artista italiano, pretendia nos obrigar a crescer, alargar a visão estreita que tínhamos do mundo. Mas quais de nós, ainda meninos, estávamos preparados para isso?

Enquanto o professor falava, eu pensava na partida de futebol que jogaria no intervalo, na função de zagueiro (eu, que sempre fui alto e magro), escalado para marcar o Grande Gago, como o Nogueira, meu colega de turma, era conhecido. Nogueira não era gago – era vacilante. Mas meninos não perdoam e diziam que ele, o Nogueira, gaguejava com os pés. Vacilava, mas marcava também gols imprevisíveis.

Se marcá-lo já não era fácil, imagine para mim. Sou um sujeito que gosta das coisas em ordem. E que abomina os sustos e os imprevistos. (Se a meteorologia anuncia tempo bom, mas cai uma tempestade no meio da tarde, por exemplo, tomo isso como uma afronta pessoal.) Era difícil marcar o Grande Gago não porque ele fosse grande (na verdade era bem mais baixo que eu), mas porque suas pernas hesitavam e eu nunca sabia em que direção elas realmente se moveriam.

Fra Angelico dizia que, quando pintava, eram os anjos que pintavam por meio dele, o professor prosseguiu, arrancando-me de meus devaneios. Os críticos, em geral, tomam essa afirmação como uma prova de modéstia. Mas não: quando falava em anjos, Fra Angelico falava de algo real. Havia algo, acima dele, que pintava em seu lugar.

Não que existam anjos (não vou entrar aqui numa polêmica espiritual), o professor nos advertiu. Não sei se anjos existem ou não, disse. Sei que, quando pintava, Angelico sentia sua vontade guiada por uma força superior, algo que vinha e o dominava, que o submetia – energia que ele, um dominicano, preferia atribuir a seres espirituais. Isso o professor disse.

Isso é uma bobagem, pensei. Por que um professor de História da Arte perde tempo falando de anjos? A peruca do professor oscilava sobre sua testa; suas mãos, largas e espalmadas, pairavam no ar, sublinhando cada palavra. Mãos ou asas? – eu me perguntava. O que eram, afinal?

Iniciei a partida contra os Raivosos procurando dar o melhor de mim. Corri como pude atrás do Grande Gago, tentando deter suas arrancadas e adivinhar que jogadas ele tentava fazer. Aos 38 minutos do segundo tempo, porém, a partida ainda em zero a zero (um resultado que nos beneficiava), logo depois de uma bola centrada sobre a área, o Grande Gago deu um salto e apareceu bem à altura de minha testa. Ele que era bem mais baixo que eu.

Sua cabeça tocou a bola de raspão, como se a abençoasse. Acho que vi o facho de luz, muito rápido, fugaz, que ela deixou atrás de si. Nosso goleiro, o pobre Lucas, nem viu quando a bola entrou. Perdemos a partida por um a zero.

E agora, enquanto o professor volta a falar de Fra Angelico e seus anjos, ocorre-me que o Grande Gago, também ele, devia ter umas asas secretas escondidas sob a camiseta. Vejo seu rosto vermelho a se erguer à minha frente, a flutuar alguns palmos acima de mim, e passo a aceitar as palavras do professor. Talvez o Angelico, ele também, fosse só uma marionete.

RELATO DE
DOIS SERES CADENTES

Ainda recostado no alambrado de madeira, passei a massagear os joelhos, sem me importar com o temporal. Ali fiquei, esperando que a dor diminuísse, que minhas pernas enfim voltassem a me pertencer para que, aí sim, eu pudesse prosseguir em busca de um abrigo. Não sei por que os dois rapazes me deram aqueles chutes, repentinos e sincronizados, que me atingiram bem nas rótulas. Talvez pretendessem me derrubar, mas, como eu não caí, como me limitei a soltar um grito de primata, eles fugiram, subindo entre os pedestres da Avenida Paulo.

Por isso, Ester, quando cheguei ao cabeleireiro, eu não podia falar: com o tranco, fiquei com a impressão de que todas as palavras me desceram pela garganta – a sensação de que um bloco de palavras estava atravessado bem atrás de meu pomo-de-adão, a me reter o ar. Eu me lembro, você gritava, fale alguma coisa, você pedia, mas eu continuava a sentir aquele objeto entalado, aquela degola – como as vítimas dos vampiros.

Você foi paciente: me levou até a poltrona da manicura (Ada me olhava com olhos aguados, a pinça ainda nos dedos, o avental branco cheio de cutículas) e ali me fez deitar; e eu fiquei, recostado nas almofadas das clientes, respirando como um secador elétrico que sugasse o ar em vez de expulsá-lo. Marmanjos como eu, que estudam línguas mortas, lêem filósofos gregos e não sabem dirigir, na hora de um choque, reagem como crianças. E você compreendeu isso, Ester, tanto que me amparou sem nada exigir. Por isso a trouxe hoje até aqui, a esse museu de Turim, para mostrar uma coisa que me é muito cara.

Subimos a escadaria de mármore. O Museu das Artes Fluidas guarda obras atribuídas a artistas dementes, esquizofrênicos em geral; homens para quem a arte não tem cânones, nem história, mas só um grande fogo a arder em seu interior. Sempre que venho à Itália, dou um jeito de vir até aqui para admirar a *Escultura N.*, como é conhecida a obra de Mangano, o doido Mangano. A peça que quero te mostrar agora, Ester, minha querida.

Ao meu lado, Ester dá os primeiros sinais de ansiedade. Já estivemos em Oslo, em Alexandria e até na Bósnia, mas nunca em Turim. E, logo nesta primeira vez, já a deixo frente a frente com a escultura de Mangano, o que talvez seja um erro, porque é preciso alguma preparação para tolerá-la. Giuseppe Mangano é conhecido como o artista da queda. Em suas aquarelas, guaches, esculturas, há sempre alguém a tombar, alguém à beira de um declive, de um abismo, alguém a ponto de se jogar num despenhadeiro, ou num fosso. Mas, na *Escultura N.*, em vez de se entregar a uma situação de risco, o modelo (um velho barbado) aparece, ao contrário, curvo e enroscado, como um feto, dando a entender que, se cai, cai para dentro, não para fora.

Vim mostrar esta escultura porque, com ela, talvez você possa entender o que senti quando os dois meninos quiseram me dar uma rasteira. Eu tentei dizer isso quando cheguei ao cabeleireiro, mas já não podia falar – na verdade ainda não posso, só que agora, em vez de falar, eu escrevo. Tive o que os médicos chamam de uma "mudez súbita", e nenhum dos exames a que me submeti indica a causa. Já não sei se a mudez continua a agir ou se, agora, simplesmente prefiro me conservar quieto. Você não imagina as vantagens do silêncio, Ester.

Chegamos frente a frente com a *Escultura N*. Você me dá a mão, e com a outra passa a enroscar, em círculos angulosos, o laço do vestido. Por que não me disse logo que, pior que a queda, é o desmoronamento interior? – Ester me pergunta. Damos duas ou três voltas em torno da escultura, o que parece bastar para uma visão de conjunto. Quero sair dali e relaxar um pouco, mas Ester, você não me larga a mão e, ao contrário, passa a acelerar os passos e a girar e girar em torno da obra de Mangano. Está em transe, eu penso. Até que, subitamente, me solta a mão e desmaia.

Desmaia e, como é inevitável, você cai. O dr. Menezes, psicanalista e meu vizinho de porta, me disse depois que, ali, diante da *Escutura N.*, Ester "caiu em si". Mas não acredito nessas associações fantasiosas; prefiro pensar que ela caiu simplesmente e, mais que isso, porque eu a levei até lá, que eu, sim, a derrubei. Em todo caso, se você tombou no tapete, foi para ficar a meu lado. Foi para compartilhar meu sofrimento.

Sabe, Ester, agora que caímos juntos, estamos quites. Agora, talvez, você possa entender o que aqueles rapazes fizeram comigo.

COMO E POR QUE
ME TORNEI BIÓGRAFO

Nem mesmo a insônia, mal que o acomete desde jovem, rouba o bom humor de Silveira Lins, o despachante. É um homem que se basta. Não se interessa pela vida dos outros, tem péssima memória e não gosta de ler, para que as idéias alheias não o importunem. Tudo o que possa ameaçar sua morna alegria, ele afasta, de antemão; de modo que leva uma vida limitada e repetitiva, sempre a resolver os problemas dos outros, friamente, como se jamais tivesse questões pessoais a incomodá-lo. E é assim que se sente, um sujeito resolvido, imune a turbulências.

Silveira Lins coleciona selos. Nas tardes de sábado, vai metodicamente à Praça Roosevelt onde, sem se permitir conversas íntimas, negocia raridades (nem tão raras) com outros colecionadores. Depois toma três chopes (nunca dois, ou quatro) no Café do Prado onde, em geral, se encontra com O'Neill, o pianista de churrascaria, que vem a ser seu único amigo. Amizade baseada no silêncio, raramente se falam: contentam-se com os cumprimentos de praxe, os muxoxos tipicamente masculinos, no máximo uma partida de sinuca.

Foi O'Neill quem lhe levou a proposta. Há um certo biógrafo, O'Neill disse, que já não suporta escrever biografias. No entanto, a fama o expõe, continuamente, a ofertas de trabalho tentadoras, que não consegue recusar. Em resumo: o tal biógrafo decidiu contratar um *ghost-writer*, que trabalhe por ele. Mas não quer um escritor profissional, alguém que pudesse competir, ou lhe roubar o brilho, ou mesmo o lugar; e sim alguma figura neutra, desinteressada, indiferente – assim como você, O'Neill foi claro. E Silveira Lins sentiu um calafrio nas costas.

Silveira Lins anda mal das pernas. Enfrenta um grave vazamento no banheiro social, que ainda não consertou; sofre de gengivite, precisa de um tratamento dentário profundo (e caro); seus ternos de despachante estão roídos, lastimáveis, espantando a freguesia, que se guia pela boa aparência. Enfim, precisa de dinheiro, pensa. Por que não se tornar um biógrafo oculto? Quem chegará a saber, a não ser o próprio O'Neill?

E aqui estou eu, Silveira Lins, empossado na posição de biógrafo substituto, entre meus rascunhos, a levantar dados, gravar entrevistas, traçar genealogias, pesquisar arquivos para o Biógrafo, como, por cautela, passo a chamar meu contratante. O senhor B. está me pagando bastante bem – basta ver meu terno de gabardine e a pequena reforma que pude fazer em meu escritório. Acho insuportável o trabalho que me obriga a fazer – prefiro estar com meus documentos, xerox, recibos de aduana, carteiras de habilitação, passaportes; objetos que não mexem com a alma alheia. Contudo, ninguém vive só do que gosta, e este também é o meu caso. E devo me dar por satisfeito, não devo?

Ocorre que eu, Silveira Lins, apaixonei-me de tal modo pela atividade biográfica que, nas horas vagas, passei a fazer, às escondidas, a biografia de B., meu biógrafo titular. São impressões rápidas, tiques nervosos, expressões pessoais, comentários dispersos, coisinhas que anoto, em um caderno azul, após nossos encontros; muito pouco, é verdade, mas deste muito pouco vou traçando o retrato de B., meu senhor. Enquanto isso, continuo a servi-lo escrevendo em seu nome a biografia de certo escritor paranaense célebre. Termino a biografia de B. – e, por precaução, a do escritor paranaense célebre é entregue, na mesma semana, a meu senhor. Esqueço do livro que fiz por dinheiro e penso no que escrevi por prazer. É um livro estranho. Tem um título redundante, mas atraente: *Biografia de um biógrafo*. Consigo um editor de terceira categoria disposto a publicá-lo. É lançado, discretamente, numa quarta-feira de Cinzas. Meu livro, a *Biografia de um biógrafo,* contrariando todas as expectativas, inclusive as minhas, chega às listas de mais vendidos. Consagro-me – e B. tem sua privacidade destruída.

Recebo convites para escrever novas biografias, a começar pela de certa cantora baiana. Não tenho tempo para isso, preciso continuar a me dedicar a meu escritório de despachos que, no fundo, pela mediocridade, pela obscuridade, pela ausência de perigo, é o que me faz feliz. Não gostei do sucesso: eu o provei e ele me incomoda. É amargo e fétido.

Encontro a solução. Contrato B., o ex-biógrafo célebre, agora simples objeto de maledicência alheia, como meu *ghost-writer*. Assim já não preciso aparecer; basta assinar e receber. As posições se invertem, mas continuamos a formar uma dupla imbatível. Concluo que somos seres gêmeos, que já não vivemos um sem o outro – como os sanguessugas. Talvez, até, tenhamos ventosas camufladas sob os cabelos.

Na verdade, sou eu, B., quem escreve essas pobres linhas em nome de Silveira Lins. A coisa estava na ponta de minha língua, a estalar, e eu precisava dizer.

VIAGEM AO AVESSO DO MUNDO

Não podemos desistir agora, Hilda, não agora. Se nos afastarmos dos trilhos, estaremos entrando numa zona de descampados, de descidas, e logo perderemos o senso de direção. O que você quer, andar em círculos? Eu sei, a passagem dos trilhos é muito estreita, se vier um trem teremos que nos atirar sobre a borda de pilares, ou seremos esmagados. Se é que haverá uma borda de pilares. Mas que alternativa você tem a me oferecer? Não gosto de pessoas que, diante de problemas graves, ou se põem a reclamar, ou silenciam. Seres sensíveis, assim como você. Pessoas que, como você, abominam o presente.
    Por favor, vamos nos concentrar no caminho. Por sorte temos essa noite estrelada, que serve de consolo. Estamos acostumados a ver o firmamento como um manto que nos abriga, quando ele, na verdade, é um furo. Um rombo. Estamos expostos ao infinito, só a gravidade nos sustenta. É claro, isso não a perturba: você prefere temer os lagartos que serpenteiam pelas encostas, os cactos e seus espinhos, ou o trem que pode vir a qualquer momento, mas também pode não vir. Quando o mais grave, o mais absurdo, está bem acima de nós.
    Não sei por que você insiste em levar esses livros. Basta a sacola com suprimentos, a lanterna, os fósforos, um

revólver. Somos animais, Hilda, só a sobrevivência nos interessa. A orientação dos livros, de que iria servir? Idéias, teses, suposições, hipóteses. Devaneios. O problema maior está bem à nossa frente. Você consegue ver aquelas luzes que formam uma elipse na noite? Sim, minha querida, isso mesmo, aquela linha arredondada que se inclina na planície? Aquilo é a ponte e logo teremos de atravessá-la. Eu sei, e se vier um trem? Poderíamos saltar no rio, mas nem você, nem eu sabemos nadar. Ora, Hilda, não temos escolha. Aqui, recostados nessa pedra, aproveitamos para comer um sanduíche e juntar o que nos resta de coragem. Eu também tenho medo, o que você acha? O mundo é mesmo surpreendente: uma coisa que fazemos tantas e tantas vezes ao longo da vida, despreocupados, confortáveis, até fascinados, uma coisa tão simples como atravessar uma ponte, pode se converter num grande risco. As coisas desse mundo têm duas faces, minha querida. Nada é bom, nada é ruim. Tudo é momento.

E não estamos num bom momento, Hilda. Não, não falo de nós dois, é claro que nosso casamento, depois de catorze anos, se desgastou. Mas é da ponte que falo. Veja como ela se ergue, ergue e cai no vão da paisagem. Ao menos, podemos ter certeza de que estamos na direção correta. No mapa, Assaré aparece alguns quilômetros depois de um rio. Este rio, eu suponho. Ainda vamos enfrentar a travessia do semi-árido, os cactos, os espinhos, as serpentes, o pó. Mas poderemos sobreviver. Isso, se a ponte não nos derrotar primeiro.

Alguns poucos trens ainda trafegam depois da meianoite. Um último trem, talvez o noturno que vai de Fortaleza para o Crato, pode chegar a qualquer momento. E, se chegar, e se nos alcançar na ponte, Hilda, seremos massacrados. Mas o que fazer, esperar pelo dia? De que isso iria nos servir? Deve ser uma ponte longa, teremos uma travessia demorada. Tempo bastante para que, chegando o trem, não tenhamos como escapar. Talvez fosse possível saltar para a estrutura de ferro; mas não com um trem imenso a latejar sobre nós. Vá devagar, Hilda, não adianta correr para escorregar e cair. Vá, Hilda, se ampara em mim. Pisando nos dormentes, sentido o aço gelado sob os pés, já não podemos observar a noite. A noite está em nossos pés, a noite está em nós. É melhor não olhar para o abismo: eu sei, está escuro, mas ainda assim você pode ficar tonta. Limite-se a olhar para frente, Hilda. Esqueça de tudo, pense apenas em chegar.

Os trilhos começam a oscilar. Que horas são, minha querida? Ah, perdemos nosso único relógio. Ainda estamos na metade, ou nem na metade do caminho. É um tremor suave, discretíssimo, que pode vir de nossos corações, e não dos trilhos. Mas eu sei, os trilhos sacodem. A oscilação cresce, devagar, bem devagar. Talvez ainda possamos nos amparar nas traves laterais que escoram os dormentes. Talvez, se nos deitarmos entre os dormentes, talvez o trem... Talvez, talvez. Sabe, Hilda, acho que isso tinha de acontecer. Não sei se estava previsto como o nascente e o poente, como a trajetória dos astros, ou os movimentos do próprio rio. Mas tinha de ser. Tanto pensamento, tanta espera, a busca de tanta coragem, para enfim cruzar com o trem. Há uma precisão que domina o mundo, Hilda. Uma simetria, um equilíbrio, um senso de proporção. Deus, se existe, deve ser muito aplicado.

MENINO ENTRE
AS FOLHAGENS

Há muitos anos guardo, em meu escritório, uma fotografia de minha avó. Ela traja um vestido florido e observa alguma coisa localizada a seu lado, fora da visão do fotógrafo; parece serena, com a necessária dose de melancolia que distingue a tranqüilidade. Está num jardim, de pé, recostada numa árvore.

Só há poucos dias, notei, pela primeira vez, a presença de um menino, de seus 7 ou 8 anos, escondido entre as folhagens que lhe servem de horizonte. Cismei que sou esse menino e, na esperança de confirmar essa suposição, fui procurar Bacon em sua oficina de molduras. Sua avó ainda não chegara aos 70 e você era mesmo um garoto nessa época, ele observou. Os olhos amendoados correspondem aos seus; o nariz, contudo, parece um pouco mais delgado, mas a idade produz graves mudanças nas feições; o queixo é diferente do seu, mas com o tempo os ossos estufam e a pele se esgarça. Podia ser você, sim, mas não é você – basta ver a firmeza com que esse menino nos olha, Bacon me disse.

Sempre sofri de um tremor suave, quase imperceptível, que não me abandona nem mesmo quando estou em sono profundo. Essa oscilação, Bacon disse, e ele me conhece desde garoto, pode não ser captada pela maior parte das pessoas, mas eu a noto sempre em suas fotografias. Pediu que eu lhe passasse minha carteira identidade. Colocou os óculos e, muito seguro, apontou umas faíscas – que eu não consegui ver – fagulhas que, ele acreditava, brotavam de meu rosto. É como uma crepitação, Bacon sugeriu. Uma coisa que não se fotografa, já que é invisível, mas que algum rastro sempre deixa. E eu posso percebê-la, afirmou muito sério.

Saí da oficina convencido, ainda assim, de que o menino não sou eu. Mas se não sou eu, quem seria? Tenho três irmãos mais velhos – mas, se fosse um deles, minha avó devia estar mais jovem, não com essas rugas espessas. Esticava os cabelos com um laço e, com isso, esforçava-se também para repuxar o rosto; ainda assim as rugas ali estão, indisfarçáveis.

No entanto, ninguém pode negar, o menino guarda traços de nossa família. Podia ser meu pai quando jovem, mas a idade de minha avó indica que não é. Podia ser meu filho, mas evidentemente não é também, até porque, quando ele nasceu, minha avó já estava morta. Não me ocorrem outros personagens da família que combinassem com a figura, esquiva e trêmula, como Bacon a descreveu.

Há alguns dias, um primo esteve aqui em casa e se interessou pela foto. Recordo que puxei o abajur para que ele pudesse observá-la melhor, mas nem eu, nem ele, notamos a presença do menino. Não estou afirmando que ele não estivesse ali, é claro que devia estar. Mas, assim como existem coisas que vemos sem ver (e depois chamamos de intuições), também existem aquelas que não vemos mesmo quando estamos vendo (e essas podem ser chamadas de distrações).

Estive com Bacon duas ou três vezes e não voltamos ao assunto do menino. Até que, um dia, resolvi visitá-lo de surpresa. Ele terminava de emoldurar uma pintura – o retrato de um garoto. Não se parecia com o menino da foto (ia dizer: não se parecia comigo), mas havia alguma coisa nele que, sim, remetia à figura escondida na fotografia de minha avó. Aparecia de corpo inteiro, bem à frente, não aos pedaços entre as folhagens. Estava sozinho, e não à sombra da avó. Olhava firmemente para o pintor, ao contrário do menino de minha fotografia que, sem fitar nenhuma direção definida, parecia olhar também para o mesmo ponto oculto e externo que minha avó observava. Era inteiramente diferente do menino que aparece na fotografia de minha avó – mas era o menino que aparece na fotografia de minha avó.

Quem é? – perguntei. Bacon me respondeu que não sabia. Não tenho a menor idéia, sustentou. É alguém que saiu de dentro de uma pintura, e não da realidade. Por que ele deveria ser alguém? Senti tanta convicção em suas palavras que não insisti. Falamos sobre outras coisas até que, de repente, Bacon disse: – Gostaria de poder te dar essa tela.

Bacon arranjou uma maneira de ficar com a pintura e depois me deu de presente. Coloquei-a ao lado do retrato de minha avó. Desde então, nunca mais fui capaz de ver o menino que se esconde entre as folhagens. Às vezes, quando procuro, acredito que o vejo. Mas é uma imagem tão tênue, que tudo parece só uma impressão.

Nem eu, nem Bacon, voltamos a falar a respeito do menino que aparece na fotografia de minha avó. Pode ser muito perigoso.

EXPERIMENTANDO O MODO DE DENIN

Denin comunicou a seus pais que não sairia mais do quarto. Tudo o que tivesse a fazer, faria ali mesmo, naquele quarto de fundos, com vista para a Alameda Ortega. No quarto de Denin há um armário embutido que ocupa toda uma parede, com duas portas largas que se abrem como orelhas. Ele passou a deixá-las sempre escancaradas e ali se acomodou, na garganta do armário.

Dora me disse que se sentia dividida. Meu filho afirma que está feliz, mas como alguém pode estar feliz aprisionado num quarto? Achava que devia aceitar o modo que o rapaz encontrara para gerir a própria existência; mas não podia aprovar esse tipo tão limitado de felicidade, sem que isso lhe trouxesse um grande desânimo.

Eu estava de férias, nada de interessante tinha para fazer. Sem pensar, até porque uma coisa dessas só se decide afastando os pensamentos, eu disse a Dora: – Pois vou experimentar o modo que Denin encontrou para viver e depois serei capaz de julgar se isso traz alguma satisfação. Estava dito – e agora eu precisava fazer.

Por coincidência, tenho em meu quarto um armário embutido. Em minha suíte, outra vantagem, há uma pequena geladeira. Enchi-a com pedaços de queijo, iogurtes, maçãs, equipei-me com sacos de biscoitos, meia dúzia de potes de amêndoas, cereais à base de milho, e me tranquei. Aquilo devia bastar, pois não seria para sempre.

Aqui estou, há oito dias, sem responder ao telefone, sem descer para apanhar a correspondência, ou atender a campainha, a porta chaveada para que o desânimo, ou a distração, não me levem a sair. Há oito dias experimento o modo que Denin inventou para ser feliz. Não tenho notícias do rapaz; não posso saber também se, ao sair daqui, Dora acreditará no que fiz. Mas estou decidido a levar essa experiência até o fim ou, pelo menos, até seu limite.

Mas qual será esse limite? Não posso negar que, até aqui, o modo de Denin me parece satisfatório. Ao menos, não é dolorido, nem me faz sofrer. Leio, assisto a TV, ouço música, cochilo. Para mim, é um descanso, mas para Denin parece ser, ao contrário, um tipo radical de atividade. É esse aspecto positivo da paralisia de Denin que me escapa. Que ainda não consegui experimentar.

Já estou em meu armário há doze dias. Tenho vontade de telefonar para Dora, mas não posso quebrar as regras de Denin, ou todo o esforço se perderá. Tenho feito ginástica e me exercito numa bicicleta ergométrica. Enquanto pedalo, me olho no espelho do armário, para ter certeza de que não me transformei em Denin, de que ainda sou eu mesmo. Parece que ainda sou.

Mas a verdade é que o modo de Denin começa a me entediar. O que mais me incomoda é não saber até quando me sentirei obrigado (mas por quem? Não por Denin...) a prosseguir nessa experiência. O que me consola é recordar que só tenho 30 dias de férias anuais. Existe, portanto, um limite, um momento em que o apelo profissional será mais forte. Em que a realidade virá se impor, com suas regras e malefícios, mas regras e malefícios reais. Bem, se penso assim é porque – eis uma primeira conclusão – é porque o modo de Denin me retira da realidade. Contudo, se me retira, aonde me leva?

O problema não está em meu quarto, que é bem real. Nem em meu armário, que tem sólidas portas de cerejeira e um espelho antigo, arranhado, mas denso. O que me arranca da realidade não é também estar parado – basta pensar nos sujeitos que habitam as plataformas submarinas, nos astronautas engaiolados em suas naves, nos marinheiros encalhados, por semanas, em seus navios. Não, não é isso. Mas um marinheiro, um astronauta, um petroleiro, todos eles estão em plena atividade. Ao contrário, num armário, se vegeta. É isso que destrói.

Hoje, finalmente, volto a trabalhar. Acabo de sair de meu quarto. Na cozinha, antes de telefonar para Dora, faço uma refeição leve. Estou ansioso para saber de Denin e sua experiência. Dora atende. Ah, o Denin, ela me diz, desalentada. Meu filho viajou para a Espanha. Não chegou a ficar três dias em seu quarto. Antes de ir, me disse que, se o mundo é mesmo uma droga, ele queria aproveitar essa droga de mundo.

Tratei de me apressar. Minhas calças escorriam pela cintura e, quando cheguei ao escritório, me perguntaram se eu aproveitara as férias para fazer um regime. Só me restou dizer que sim e recebi muitos elogios por isso.

AS ÚLTIMAS PALAVRAS

A voz era rugosa: – Appio está morrendo, a mulher disse. Meu tórax sacudia, aos trancos, minha mente tiritava de repulsa, de modo que nem mesmo as calças eu conseguia vestir. Ainda despido, pois minhas pernas se recusavam a entrar naquela veste de despedida, caminhei até o hall. Enquanto esperava o elevador, lutei para me domar. Enfim, escolhendo os botões trocados, me compus.

Decidi que iria a pé, para aprender a respirar agora sem Appio. Só ali eu podia perceber que, em corpos separados, compartilhávamos dos mesmos pulmões ou, ao menos, das mesmas rajadas de ar. Fui pensando: Appio mandou me chamar porque quer se despedir de mim. Que últimas palavras eu devia lhe oferecer? Que tipo de adeus um amigo espera?

Podia agradecer por tudo o que me deu, e que não foi pouco. Aquele ensaio de Tristan que me mudou a vida, aquele beijo suado quando perdi Anete, as noites que passou comigo no hospital quando me operei, os vinhos que tomamos juntos olhando para um mesmo ponto ilusório que não era uma coisa, nem uma pessoa, era só um laço de aflição.

Mas podia também reclamar, para depois não ficar, para sempre, com o coração contraído. Do dia em que julgou que eu o traíra porque, numa reunião pública, eu o contestei. Do dia em que cutucou minhas feridas, eu que, depois de cometer o grande erro de me separar de Anete, precisava só de quem as alisasse. Da raiva que sentiu de mim quando eu, para não lhe falhar, o confrontei com a verdade.

Talvez, em vez de acertar contas, devesse recordar os momentos em que nos desencontramos. Íamos juntos para o Quebec, mas, porque sou lento, perdi o avião – e ele viajou sozinho. Quando fui a Barbados, comprei para ele uma garrafa do melhor rum que, porque não embalei como devia, lhe chegou estilhaçada, como uma arma. O encontro que marcamos certa tarde nas mesas do Quevedo e eu, que sou dado a deslizes de memória, o deixei esperando.

Podia recordar o que fizemos juntos, aquilo que nossa amizade gerou: um livro a quatro mãos, *A fome farta*, arremedando Borges e Bioy; nossa coleção de lembranças íntimas, que agora ficará só para mim, para sempre amputada; as cartas que sempre trocamos, postadas metodicamente nos correios, mesmo quando morávamos a três quadras um do outro.

Caminhei, chutando as poças de chuva, o rosto erguido para que os pingos pudessem alisar meu desamparo e, mais que desamparo, minha repugnância. Passos largos, de coragem, quando nunca senti tanto medo. Passos inalterados, duros, para que o tremor que me contorcia a espinha parecesse um efeito das trovoadas, ou do tráfego pesado na avenida.

De propósito, não dei atenção ao sinaleiro quando atravessei a Anderson, e assim segui, afrontando os carros; aquilo me deu a convicção imaginária de que acompanhava Appio em sua agonia e esse era um jeito, adulterado, mas intenso, de permanecer com ele.

Na esquina da avenida, só para me iludir mais um pouco, ainda entrei no Dantas para um café. Appio hoje não veio, o garção observou, desprovido de sentimentos. É um canalha, deve estar dormindo, respondi – e me veio um sorriso verdadeiro, como se, ao mentir, eu pudesse alterar a realidade. Antes de sair, e só para provocar o destino, ainda disse: – Pago dois. Assim, o próximo café de Appio já fica pago.

Cheguei ao prédio de meu amigo, mas não tinha coragem de subir. A sacada do segundo andar, ao contrário do que sempre acontece, estava fechada. Lá estava a espreguiçadeira, sem Appio – como que desprovida de seu forro. Lá estava Quincas, o gato, encolhido a um canto, sem a mão de Appio a acarinhá-lo, as costas vazias como uma mesa desguarnecida.

Eu precisava decidir o que diria a Appio, com que palavras me despediria, que tipo de fecho daria à nossa amizade. Precisava escolher, mas não havia escolha: as idéias me vinham baralhadas, como um feixe de arames, e aqueles nós me espetavam.

A mulher de Appio abriu a porta. Pareceu-me serena. Talvez, contrariando as expectativas, ele tenha melhorado, ainda pensei. Enquanto ela, indecisa, fazia um sinal para que eu entrasse, passei em revista as idéias que serpenteavam em meu interior, à procura da melhor maneira de me despedir de Appio, de lhe dar aquele adeus que ele, de fato, merecia.

Até que a mulher, fechando os olhos, me apunhalou com a frase: – Appio acabou de morrer.

O MISTÉRIO DAS
QUATRO IDENTIDADES

*E*ncontrei, por acaso, deixada junto ao balcão de uma confeitaria e besuntada em *chantilly*, uma carteira de identidade. Pertence a Adelaide Maria da Silva, traz uma fotografia obscura, quase invisível, na qual só posso entrever uma mulher de bigodes, e vem adornada pelo brasão de uma certa Sociedade Girolamo Priuli. Como ninguém na confeitaria tinha ouvido falar de Adelaide Maria, resolvi levá-la comigo.

Já em casa, fui à lista de assinantes em busca do endereço da sociedade; minha longa pesquisa fracassou. Tentei descobrir quem foi Girolamo Priuli; depois de muito esforço, encontrei, num velho dicionário de história, um verbete a ele dedicado. Está dito que Priuli era um mercador e banqueiro veneziano do século 16, que foi à falência e, para se consolar, escreveu um diário secreto, do qual foram arrancadas as páginas relativas ao período que vai de 1506 a 1509. Achei impossível que se tratasse da mesma pessoa (a quem ocorreria fundar em Curitiba, em pleno século 20, uma sociedade dedicada a um banqueiro falido da Renascença?) e desisti de minha busca, mas as páginas roubadas não saíram mais de minha cabeça.

Dias depois, esbarrei num shopping com um primo distante, Eusébio Branco; ele aproveitou para perguntar se, já que sou jornalista, eu conhecia uma certa Sociedade Girolamo Priuli. Depois do golpe, vim a saber que também meu primo havia encontrado, por acaso, jogada em um banco de certa catedral, a carteira de identidade de uma sócia. Qual não foi o meu susto quando ele me revelou o nome da titular: Adelaide Maria da Silva. Ela, novamente. Meu primo levava a carteira em sua mala, o nome estava correto, mas a foto não combinava: dessa vez, Adelaide Maria aparecia como uma mulher pálida, com os cabelos escorridos até a cintura, e sem bigodes. Saquei do bolso minha carteira e as confrontamos; concordamos que devia se tratar de alguma brincadeira de mau gosto, mas com que objetivo? Dias mais tarde, meu primo me telefonou. Tinha sido procurado por um velho amigo de seu pai, um professor de filologia, que lhe pediu ajuda para localizar a mesma Sociedade Priuli; não é preciso dizer que o professor também encontrara uma carteira de identidade, da mesma Adelaide Maria da Silva, que agora era uma mulher careca e tinha o queixo quebrado, como o dos boxeadores.

Marcamos uma reunião no escritório do advogado Cruz, amigo do professor, também ele premiado com uma identidade de Adelaide Maria, na qual ela aparecia com difusas feições orientais. Já éramos quatro enredados naquela armadilha, quantos mais seríamos? "Isso deve significar alguma coisa", o dr. Cruz, conhecido por sua desconfiança e por ter uma voz de soprano, avaliou. Perguntei se tinha alguma hipótese a oferecer; o advogado, que é especialista em falências e concordatas, disse que talvez não se tratasse de uma brincadeira, mas sim de um desafio. Também achou que as páginas arrancadas do diário de Priuli podiam ser uma pista. E nada mais podia dizer.

Até que, num almoço de domingo num restaurante do Champagnat, entre uma fatia de picanha e uma porção de nhoque, vi registrado no crachá do gerente: "Adelaide Maria da Silva – supervisor". Olhei de novo – era isso mesmo. "O senhor me desculpe", perguntei. "Mas seu nome é Adelaide?" Mesmo contrariado, ele explicou: "Todos estranham, mas meu pai tinha o hábito de batizar os meninos com nomes femininos e as mulheres com nomes masculinos." E, só para não ser descortês, ainda acrescentou: "Tenho, por exemplo, uma doce irmã, mãe de cinco filhos, que se chama Jorge Alberto."

Mostrei-lhe então o documento em seu nome que eu, obcecado em resolver aquele mistério, levava sempre comigo. "Deve ser uma brincadeira de meu filho menor, o Ana Maria. Ele pretende ser aviador, mas não perde a chance de fazer uma piada." Relatei-lhe então todo o nosso sofrimento; ele se divertiu muito e comentou: "Bem, pelo menos dessa vez, ele fez uma piada inteligente." Não sabia dizer se compartilhava dessa opinião.

Perguntei-lhe se tinha alguma idéia de onde o menino, Ana Maria, teria tirado o nome Girolamo Priuli. "Isso é fácil", o gerente me disse. "É o nome de nosso cachorro." Quando compraram o pobre bassê, Ana Maria resolveu abrir uma enciclopédia e nela escolher, ao acaso, um nome para o animal. Abriu na letra "p" e assim chegou a Priuli, como podia ter chegado a Pacheco, ou a Paiva, ou a Píndaro. Para mostrar que não estava aborrecido, Adelaide Maria, o gerente, ainda me ofereceu uma sobremesa extra, um "pudim a Antônio Augusto". Fez questão de ressaltar que, a despeito do nome másculo, o homenageado com aquela mistura de claras em neve com fios de ovos, um velho amigo de infância, era mesmo um homem.

DEUS VESTE UM
ALBORNOZ SURRADO

Ana Cipriana, minha empregada, era uma católica radical. Lembro-me de uma cena que a define com exatidão. Quando perdi Teresa L., minha maior amiga, tive a má idéia de levá-la comigo às cerimônias fúnebres. Logo senti que estava ansiosa porque não via crucifixos na capela. "A que horas chega o sacerdote?", não se contendo, ela me perguntou. "Não haverá sacerdote", eu respondi, "Teresa não tinha religião e deixou recomendações expressas de que não queria orações."

Dizer a verdade foi uma péssima idéia. Ana Cipriana me chamou a um canto e, nervosa, argumentou que uma coisa era minha amiga não acreditar em Deus, outra bem diferente era Deus não existir. E que, mesmo contrariando as convicções da morta, não podíamos deixar que sua alma fosse arder no inferno. "Se ela não acreditava em Deus, então Deus para ela não existia", eu disse. "Logo, o inferno também não." E lembrei-lhe que devemos sempre respeitar a fé, ou a ausência de fé, dos outros.

Minha empregada era assim: sua fé era a fé verdadeira e a fé diferente ou a ausência de fé dos outros era, sempre, uma fuga, uma negação, ou a ação de espíritos danosos. Da mesma forma, quando uma adolescente da vizinhança engravidou, aos 14 anos, e os pais optaram pelo aborto,

Ana entrou em transe. Primeiro, foi ao apartamento dos Oliveira argumentar em nome de Deus – o seu Deus, que ela achava que devia ser o de todos – que a menina devia ter o filho. Sem convencê-los, passou a infernizar a vida da pobre moça, passando-lhe folhetos macabros com cenas de um inferno incendiário, e cercando-a nas escadas para dizer que estava possuída por impulsos medonhos. Ainda assim, a menina fez o aborto, e aquela foi a melhor decisão que, nas circunstâncias, a família pôde tomar. Ana deixou de falar com os Oliveiras e passou a chamar a adolescente de A Aleijadinha. "Por que isso, se a menina tem o corpo perfeito?", eu lhe perguntei um dia. "Falta-lhe Deus", ela respondeu, erguendo o queixo em direção aos céus.

Até que um dia, quando voltava de um grupo noturno de orações, Ana Cipriana, no momento em que atravessava uma passagem subterrânea da praia de Botafogo, foi cercada por dois bêbados e violentada. Nada me contou. Senti que andava cabisbaixa e vi os cortes que trazia na face, que ela atribuiu à ação atabalhoada de um ladrão de carteiras. Quis levá-la ao médico, mas ela se recusou; tentei conversar, mas parecia indevassável e achei que o melhor era deixá-la quieta.

Três meses depois, encontrei Ana Cipriana caída em seu quarto, imersa numa poça de sangue. Ela engravidara de seu estuprador e, pelo que confidenciou à empregada dos Oliveiras, julgava-se prenhe do demônio; com um par de agulhas de tricô, tentou matar o invasor; perdeu muito sangue, teve uma infecção grave e quase morreu. Paguei seu longo tratamento e recuperação. Apesar disso, minha empregada jamais admitiu que abortara, suspeita que só pude confirmar depois de conversar com seu médico.

Nem a dor, nem a experiência do desespero dobrou a teimosia de Ana Cipriana, que passou a me tratar com desprezo e, pelo que soube mais tarde, me culpa até hoje pelo que lhe aconteceu. Argumenta que foi meu desapreço por Deus que permitiu que o demônio, na forma de um tarado, a invadisse. Depois que ficou boa, Ana Cipriana pediu demissão e foi trabalhar no prédio em frente, no apartamento de uma senhora cega e semiparalítica, uma antropóloga aposentada que se celebrizou por seu trabalho junto aos pataxós. Soube que, aproveitando-se da deficiência da patroa, Ana encheu a sala de imagens sagradas. Alguém lhe lembrou que a antropóloga sempre se declarava materialista, mas ela não se importou com isso; achou, até, que aquela era, sim, uma boa razão.

Quando cruzo com Ana na rua, sabendo que ela não me suporta, tento respeitá-la e mudo de calçada. Não tenho religião e acho que, se Deus existe, ele está um pouco em todos nós, até mesmo em minha perversa empregada. Ela me faz lembrar, por contraste, de um velho árabe que conheci, certa vez, no interior da Mesquita de Córdoba – que os cristãos transformaram, à força, em catedral. Eu me sentei entre aquelas colunas imensas e tinha os pensamentos dissolvidos pela penumbra, quando ele se aproximou. "Essa mesquita é uma prova da existência de deus", o velho me disse. Vi seu rosto cheio de cicatrizes, seu albornoz surrado com o capuz manchado de lama, e resolvi não iludi-lo: "É um dos lugares mais misteriosos que já conheci, mas nem por isso me faz acreditar em Deus."

O velho me acariciou a testa e sussurrou: "Isso não importa". E, sem que eu tivesse tempo para expressar meu espanto, concluiu: "Deus é só aquilo que nos faz sair de dentro de nós. Se você se transcende com a música, Deus é a música. Se uma mulher o eleva, deus é essa mulher. Deus pode ser até esse banco em que estamos sentados." Sem pensar, eu lhe dei um beijo na face e até hoje, mesmo distante das religiões, acredito que beijei o rosto de Deus.

O DUPLO
DE NOVA IORQUE

Conheci um garçom que, como o personagem de Nelson Rodrigues, só chorava pelo olho direito. Seu olho esquerdo, mesmo nas situações mais comoventes, permanecia seco, como se assim denunciasse o sentimentalismo do outro, e também a inutilidade das lágrimas. Como se pertencesse a outra pessoa. Esse garçom trabalhava, durante o dia, como barbeiro; especializou-se em pintar barbas, quase sempre de judeus, e seus bigodes eram considerados os mais perfeitos da região da Rua 62, em Nova Iorque.

Ele me servia num pequeno bistrô chamado Ernesto, fundado por um porto-riquenho batizado Pablo, e jamais pude entender a relação entre esses dois nomes. Mas quem se importa com nomes? No Ernesto, serviam caipirinhas, que o garçom, chamado Eurípides, fazia com vermute, e não cachaça, e o resultado era lamentável. Mas eu bebia, e enquanto bebia pensava no Rio de Janeiro e no calor que devia estar fazendo na praça Serzedelo Correa onde meu amigo João Antônio, de bermudas e havaianas, tomava seu chope, o que parecia bem melhor.

Eurípides era cearense. Digo "era" não porque já não esteja vivo, mas porque não nos vemos há pelos menos dez anos, o que é tempo para muita coisa acontecer. E, com o tempo, costumamos deixar de ser as pessoas que somos, ainda que os documentos assegurem, cinicamente, que continuamos os mesmos. É verdade que meu garçom, através dos anos, mantinha hábitos severos e tiques incuráveis. Quando chorava, sempre pelo olho direito, Eurípides jamais perdia o controle sobre o esquerdo, tanto que era capaz de derramar lágrimas com um enquanto, com o outro, lia o *Washington Post*. Já na primeira vez em que nos encontramos, ele me disse: "Muito prazer. Estamos muito felizes em conhecê-lo." Não resisti e perguntei: "Estamos quem?" Eurípides me pediu que eu tivesse paciência, e garantiu que, um dia, eu o entenderia. Semanas depois, durante um sanduíche no Burger King, me confessou: "Na verdade somos dois." Um engasgo súbito, entre rodelas de pepino e uma fatia de queijo, impediu que eu lhe pedisse para explicar melhor.

Nada a ver com o plural de modéstia, manifestação afetada do pudor, aquela que os deputados, os acadêmicos e os presunçosos usam em seus discursos para dissimular a vaidade. Quando tinha vontade de se deitar com a namorada, Eurípides costumava perguntar: "Hoje você quer dormir conosco?" De início, um pouco confusa, ela chegou a lhe dar de presente, na Páscoa, duas gravatas exatamente iguais. "É para vocês", disse sem pensar, e depois ficou matutando se aquilo seria uma doença que já a contaminava também, ou se ela apenas cedia ao irremediável. Porque há coisas que não se consegue vencer.

Não era modéstia, não era uma figura de linguagem, era assim mesmo que Eurípides se sentia; não "ora um, ora outro", como as pessoas instáveis, os atores e os esquizofrênicos, mas "um e também outro", como ele tentava definir. Era um sentimento antigo. Na infância, tinha certeza de que perdera um irmão gêmeo, que fora raptado. Nada muito grave, pois até aí esse tal outro ainda habitava fora dele. Mas, no dia em que percebeu que esse outro não vivia fora, e sim dentro de si, entrou em pânico. "Tenho um homem dentro de mim", ele me disse, e cogitei se não usava uma imagem mística, ou se referia a algum caso de possessão espiritual, mas não: falava de um homem inteiro, com pernas, braços, cabeça, e tudo o mais. Tempos depois, soube que Eurípides sofrera um acidente, fora atropelado. Estando em Nova Iorque a trabalho, aproveitei para visitá-lo no hospital. Na recepção, perguntei pelo leito de Eurípides da Silva. "O 114 e o 205", me respondeu calmamente a recepcionista. Fiz a pergunta novamente e ela insistiu na resposta, destacando ainda que ficavam em andares distintos. E me deu as costas. O leito 114 estava vazio. Procurei a chefe da enfermaria. "O paciente foi fazer exames. Vai demorar", ela esclareceu. Dirigi-me ao 205. Estava vazio também. "Está tomando banho e cortando o cabelo. Agora só amanhã", me explicaram. Eu tinha hora marcada para um compromisso profissional e desisti. Voltei para o Brasil dois dias depois, sem visitá-lo. Ou sem visitálos – mas esse plural já não será um sintoma de que também eu me deixei vencer pela duplicação?

Nunca mais soube de Eurípides. Disseram-me, mas não sei se é verdade, que ele ainda trabalha como garçom no mesmo bistrô, o Ernesto. Que tem um apelido: "Dose dupla". E que continua a falar desse outro homem que carrega dentro de si, mas ninguém o leva muito a sério. É educado, competente, equilibrado, respeitoso; ninguém pode chamá-lo de louco, e é aqui que o problema começa.

A SÚBITA SINCERIDADE
DO DR. MOUTINHO

*T*entei explicar à madame Dreux, a senhora que cuida de meus calos, que o mundo não é tão simples quanto ela imagina. "Não, madame, a senhora deve se consolar com outras coisas, não com a verdade", eu lhe disse, enquanto ela, com a cabeça debruçada sobre meus pés, arrancava as cutículas de minhas pobres unhas e eu, porque não suporto alicates, admirava (se é que se pode admirar uma coisa assim) uma janela fechada no fundo da sala. Sempre que me submeto aos cuidados de madame Dreux, porque faço longas caminhadas pelas montanhas do Cotolengo e meus pés vivem em estado de miséria, aquela janela me salva da dor; como está sempre trancada, permite que eu me distraia imaginando que tipo de segredos pode esconder.

Mas madame Dreux, com suas golas rendadas e suas orelhas de gnomo, tem o hábito de ser verdadeira: a verdade é seu esporte favorito, seu vício de velha, e, porque não admite mentiras, porque as abomina, diz sempre tudo o que pensa. Tem 71 anos, mas parece uma menina de 4, dessas que, com tranças amendoadas e ares de Cinderela, olham aquele vizinho elefantino do 1204 e, com uma doçura devastadora, perguntam: "O senhor está mesmo esperando um bebê?"

O gerente da clínica de pés em que madame Dreux trabalha, o dr. Moutinho, é um homem difícil. Gosta que elogiem sua voz de locutor, suas camisas engomadas e seus bigodes vermelhos, mas madame Dreux, que despreza a piedade, lhe faz perguntas assim: "Escovou bem essa vassoura hoje?" E, com aquele ar superior dos que não têm o que esconder, nem se esforça para disfarçar um sorriso de prazer. Dizer a verdade, para a madame, é uma questão de higiene; a mentira é suja, contamina os fatos da vida e, além de tudo, faz mal à vesícula. Madame se vê como uma missionária, a distribuir pequenas franquezas num ambiente em que se exercita a impostura e só se fala de futilidades. E a futilidade nada mais é que a mentira disfarçada de confissão.

É complicado conviver com aquela velha, com as mãos cheirando a acetona e a calêndula, e todo aquele arsenal de instrumentos dispostos como peças de um faqueiro checo, a lhe dizer verdades todos os dias. Mas o dr. Moutinho não pode demiti-la: é a calista mais procurada do Paraíso dos Pés (assim se chama a loja) e dispensá-la seria perigoso, pois levaria consigo metade da clientela. Ele então a suporta, mas a francesa é impiedosa, aproveita-se disso para dizer mais e mais verdades colossais – de uma franqueza pouco usual até mesmo nos confessionários e nos consultórios de psicanálise.

Sempre que ela me atende, porque sou um homem cordato, aproveito para sugerir: "Seja um pouco esperta, madame, faça uns elogios e, durante toda uma semana, ele a deixará em paz"; mas ela não me dá atenção, limitando-se a emitir uns risinhos de sanfona. E depois é obrigada a suportar o mau humor do dr. Moutinho, que se manifesta numa sucessão de "nãos" bem longos, como nas árias mais íngremes das óperas de Verdi, e, o seu contrário, em resmungos quase silenciosos, como o mastigar de um camelo. Já observei que o dr. Moutinho tem uma pequena corcunda e se assemelha mesmo a um dromedário árabe.

No dia em que madame Dreux faltou, e nos dias seguintes em que novamente não apareceu para trabalhar, o dr. Moutinho pareceu, primeiro, enfurecido, como se o tivessem roubado, mas logo depois se fechou numa imensa tristeza. Andou quieto, quase não perturbou as atendentes com suas reprimendas e rabugices, e só mudou de humor, mesmo, para um grande desespero, quando telefonaram para dizer que madame estava gravemente enferma. E, isso era definitivo, não poderia mais, nunca mais, voltar a trabalhar como calista.

A primeira atitude do dr. Moutinho foi se trancar no pequeno escritório que fica atrás das prateleiras de cosméticos, por longas, indevassáveis horas. Quando ressurgiu, passou a andar, ainda silencioso, pela clínica, sem cumprimentar os clientes, sem dar ordens, um fantasma. Dona Eulália freqüenta o Paraíso dos Pés há mais de duas décadas e, no Natal, sempre oferece ao dr. Moutinho uma caixa de bombons de abricó. Pois foi diante dela que ele se transfigurou pela primeira vez, para dizer, com uma sinceridade súbita: "De que adianta fazer os pés se a senhora se parece com uma baleia?" E depois deu uma longa gargalhada e ainda, num francês horrendo, gritou: "Mas que maravilha! Como é bom! Eu adoro a verdade!"

SE VIRGINIA WOOLF
FOSSE MINHA EMPREGADA

Todos sabem que Virginia Woolf, atormentada por vozes inexistentes, calou-as, atirando-se nas águas do Rio Ouse. Poucos sabem que Franz Kafka também ouvia vozes, que lhe ditavam cartas, confissões e narrativas. Mas ninguém se importa que Maria Adelaide, minha empregada, ouça vozes, que também não existem. Cada vez que é submetida a uma dessas provações, Adelaide se benze e, logo, trata de se concentrar em suas receitas. Mas as vozes, ainda assim, continuam com seu rumor.

Kafka dizia que o artista é um relógio adiantado – marca um tempo que ainda não aconteceu e, por isso, vê coisas que ninguém vê. Talvez as vozes que Virginia Woolf ouvia fossem apenas o tempo se precipitando e é bem provável que as vozes que agitavam Kafka não passassem de uma antecipação do que ele iria escrever. Mas as vozes que atormentam Adelaide não serviram nem mesmo para lhe ditar uma receita de bolo.

Ela me confessou seu segredo na noite em que a peguei falando sozinha na copa, diante de algumas taças de cristal. "Só estou dizendo a verdade para que o senhor me entenda", ela se justificou, depois de relatar seu tormento. Confessou-me que, em geral, não compreende os temas em torno dos quais suas vozes se engalfinham. "O senhor sabe o que é uma debênture?", exemplificou. Era capaz de repetir a palavra porque a anotou numa tira de papel de pão. Mas o significado lhe fugia.

Certa noite, uma dessas vozes narrou toda uma partida de futebol entre o Paraná Clube e a seleção nacional de Botsuana. Sim, ela disse: Botsuana. E Adelaide é quase analfabeta, talvez nem saiba que a África existe. Já houve momentos em que as vozes falaram línguas estrangeiras, talvez inexistentes. Uma vez, duas vozes discutiram asperamente entre si e Adelaide só entendeu que discordavam a respeito do melhor método para consertar o interruptor de um abajur.

Na verdade, essas vozes miseráveis já nem a atormentam; Adelaide convive com elas como se fossem uma transmissão exclusiva emitida por alguma emissora do além. Não a ameaçam, nem a envolvem. São, pelo que posso entender, interferências – como essas conversas de rádio entre patrulhas policiais que, às vezes, captamos nos telefones sem fio e nos aparelhos de fax.

Adelaide, no entanto, precisa de uma explicação que transforme suas vozes em algo comum. Foi o que me pediu naquela noite. "Não sei o que dizer", restou-me admitir. "Tudo o que eu disser, será mentira." Lágrimas gordas escorreram por suas bochechas. Ainda assim, conseguiu dizer: "Obrigado." Nunca me senti tão inútil.

Agora estou aqui, escrevendo essa crônica, enquanto Maria Adelaide limpa o tapete turco que ganhei de presente de Fábio Snege, o célebre barítono. Passa uma escovinha molhada, conforme Snege recomendou enfaticamente, enquanto conserva os olhos fechados para ouvir melhor suas vozes de estimação. Pedi que me ditasse alguns trechos, como numa tradução simultânea, mas ela se negou, argumentando que, se ninguém mais as ouve, é porque se destinam só a ela. Essa me pareceu uma justificativa justa e não insisti.

Se Maria Adelaide fosse Virginia Woolf em sua casa no subúrbio londrino de Richmond, que livros seria capaz de escrever? Se fosse Kafka em seu escritório no Instituto de Seguros contra Acidentes do Trabalho, em Praga, que narrativas viria a imaginar? Essas perguntas, como vozes secretas, não me abandonam. Mas ela é só uma empregada doméstica nascida no Crato, que tem um marido alcoólatra e um cachorro chamado Azevedo. Então deve se conformar em ouvir e ouvir, e nada mais.

Talvez, chego a pensar, muitas pessoas estejam no mundo desempenhando papéis trocados; as forças invisíveis que fazem de uma pessoa o que ela vem a ser, às vezes, falham, ou erram de direção, ou de destino, e o sujeito passa a ser o que não é. Maria Adelaide está, me parece, entre esses casos extremos de erro de pessoa. Poderia ser Kafka, ou Virginia, mas é só uma empregada doméstica. Não sei se isso é pouco.

Já recomendei que não revele seu segredo a ninguém, porque a tomarão por louca. Se aqui o exponho é porque essa manhã, sem que os médicos tenham uma explicação, Maria Adelaide amanheceu completamente surda. Talvez as vozes tenham tomado conta de tudo, então nada mais importa. Agora só lhe resta o silêncio.

SOBRE OS BENEFÍCIOS DO ERRO

Nada mais parecido com um peixe do que o homem que me abordou, a testa respingando, as orelhas enroladas feito guelras, a pele fragmentada em escamas, enquanto eu esperava em um sinaleiro da Rua XV. Disse-me, invertendo a metáfora que eu acabara de construir: "Espero que você não tenha medo de pássaros. Tem?" Trazia três cotovias presas na cabeça, me garantiu. Não podia imaginar como vieram se abrigar em seu crânio, mas agora elas rodopiavam dentro dele, debatendo as asas como mariposas em torno de lâmpadas, dando bicadas e forçando, forçando, na esperança de sair pelas orelhas, narinas, ou até, o que seria mais doloroso, pelos olhos.

Metrópoles estão cheias de loucos, mas ainda assim me senti incomodado. Talvez porque seus olhos fossem transparentes, quase líquidos, ou porque exibisse bochechas redondas que me lembraram brevidades. Até que, parada do outro lado da rua, avistei a soprano Albuquerque, o rosto escondido sob um chapelão de palha. Vi que o homem dos pássaros acenava para ela, dando pulinhos, e me julguei eleito para protegê-la. Mal o sinal fechou, cruzando a pista em diagonal, aproximei-me da cantora. Mas, antes disso, ela já estava nos braços do louco, aconchegada, ouvindo os pássaros que gorjeavam no interior de seu crânio. Parecia gostar de ser molestada, pois sorria numa espécie daninha de êxtase, e desisti de salvá-la. Ainda me virei e vi quando os dois desceram o calçadão, ainda abraçados, rumo ao Instituto de Paleontologia do Batel. Aquilo me bastou. Tratei de esquecer a cena incompreensível, pois uma soprano célebre dificilmente teria laços que a atassem a um doido de rua, e subi para o estúdio. Eu devia começar logo a gravação do primeiro comercial do dia, de uma loja de estofados, e por isso precisava fazer meus gargarejos em licor de alho.

Trabalhei até tarde. Esperava uma carona quando Tobias, o operador, entrou no estúdio e me disse: "Mataram a Albuquerque." A culpa é um sentimento que assume feições imprevisíveis, as quais dificilmente deciframos; depois de sentir um esvaziamento que se parecia com um desmaio, tranquei-me num banheiro para chorar. Eu era um assassino, dizia-me. Assisti impassível à abordagem do matador, avaliei mal o desespero da Albuquerque, e comportei-me como um cúmplice. Não suportei saber dos detalhes e fui imediatamente para casa. Havia uma rede de pensamentos a me pressionar a cabeça, exatamente como os pássaros guardados no crânio do louco, concluí. Talvez já fossem cotovias, e não mais pensamentos, até porque roçavam pela parede interna de minha testa, grudando e depois se soltando, deixando atrás de si uma gosma gelada.

Na manhã seguinte, ao entrar no estúdio, Célia Regina, a divulgadora, veio me dizer: "Já soube?" Pelo tom, era algo que devia me interessar. "A Albuquerque não morreu", disse. Informações imprecisas, transmitidas por um repórter açodado, espalharam o aviso da falsa morte. Mas a soprano, na verdade, estava bem; tinha só os nervos em frangalhos, o que, no caso de uma artista, era quase normal. A euforia me levou a visitá-la. Era uma cantora em declínio, que se limitava a fazer shows beneficentes em igrejas e shoppings, e por isso a encontrei sozinha. "Só não morri graças àquele doido dos pássaros", ela me revelou. Saíra de um banco e fora perseguida por dois sujeitos elegantes, com revólveres camuflados sob o paletó. Os assaltantes se irritaram porque o saldo bancário da cantora era miserável e seu cartão de crédito, por falta de pagamento, estava bloqueado. "Não é fácil ser velha", lamentou-se. Caminhavam logo atrás dela e já avisavam que, se não arrumasse algum dinheiro, iriam matá-la, quando o louco surgiu e a abraçou. A Albuquerque agarrou-se ao homem dos pássaros, começou a beijá-lo e pouco depois, ainda em plena rua, passou a despi-lo. Foi presa, como desejava, por atentado ao pudor. Salvou-se e agora procurava o pobre louco para manifestar sua gratidão.

Saí aliviado, mas com um estranho sentimento em relação à solidez do mundo. Seu eu tivesse afastado o homem dos pássaros do caminho da soprano, ela agora estaria morta. Por desleixo, e até por um pouco de fraqueza, deixei-a nos braços de seu salvador. Às vezes, quantas vezes, é bem melhor errar.

PRECAUÇÕES NA ESCOLHA DA FANTASIA

*S*ó aceitei o convite de Bento Teixeira para seu baile à fantasia, que ele, um apaixonado por rimas, batizou de Uma Noite Lisonjeira, porque meu amigo insistiu muito e, além disso, é ele quem toma conta de meu cachorro quando viajo de férias. Contudo, quando cheguei a Ao Mundo Teatral, loja de trajes de aluguel que me foi indicada por uma vizinha, sentia-me ainda bastante constrangido. Por sorte o rapaz que me atendeu, um certo Lucas, além de estar sozinho na loja àquela hora, foi muito compreensivo.

Não gosto de roupas abafadas, tenho alergia a veludo, drapeados e cetins, acredito que lantejoulas e rendas não caem bem num homem de 50 anos e, quanto às penas de pavão, verdadeiras ou falsas, me lembram os facões de cozinha e as receitas sanguinolentas, imagens repulsivas para um vegetariano como eu. De modo que não me restavam muitas opções, o rapaz me advertiu.

A loja Ao Mundo Teatral se abastece, em geral, dos restos de figurinos de montagens contemporâneas, razão pela qual proporciona a sua clientela um estoque de fantasias bastante incomum. Nada de pierrôs, colombinas, palhaços, odaliscas, bailarinas, esses trajes antigos que vemos nos bailes do cinema em preto e branco. Expliquei ao vendedor que Bento Teixeira é um sujeito severo, de hábitos duros e idéias papistas, fatos que me obrigavam a desejar uma indumentária discreta. Meu comentário o levou a me oferecer, primeiro, uma fantasia de Petrarca, o poeta e erudito italiano, resto de uma ópera montada no Teatro Paiol, que recusei por causa do capuz sufocante. Depois, tirou de um gavetão um traje de Vasco da Gama que, ato contínuo, talvez por causa da gola de veludilho, me fez espirrar. Ainda tentou me convencer a vestir-me de Savonarola, o pregador e político italiano queimado por heresia, mas essa me pareceu uma roupa lúgubre demais e, além disso, o trançado em seda que percorre as barras me provocava cócegas. Decidimos interromper um pouco para tomar um café e colocar as idéias em ordem. Lucas é um rapaz inteligente, que sabe manejar situações difíceis. Usou, inclusive, deslocada à sua conveniência, uma célebre frase de M. Estenssoro: "O hábito não faz o monge, é o monge quem faz o hábito." Queria dizer, pelo que entendi, num *insight* psicológico notável para um balconista, que era preciso descobrir a que personagem histórico eu estava, afinal, destinado, para só depois escolher a roupa que lhe correspondesse.

    O que me levou a falar um pouco de mim, com a discrição que um rapazote de dezoito anos merece, mas nada. Até que, quando já deveria estar enfurecido ou pelo menos desanimado, o rapaz, numa proposta bastante audaciosa, sugeriu: "E por que você não se veste de Bento Teixeira?" Fantasiar-me de meu próprio anfitrião era uma idéia, convenhamos, no mínimo muito original. Bento Teixeira podia ser um sujeito pedante, que se superestima, mas se há algo que não lhe falta é o senso de humor, eu pensei. E, é claro, não lhe falta também alguma vaidade.

    Com paciência, fui descrevendo, peça a peça, a maneira bastante particular que Bento Teixeira tem de vestir-se: calças quadriculadas, camisa social sempre branca e engomada, uma borboleta em cores berrantes como o grená e o vinho, abotoaduras douradas, paletó do tipo jaquetão, e um pincenê antigo, que pertenceu a seu bisavô, um barão do café. Pouco a pouco, o rapaz foi encontrando em seus armários as peças adequadas a esse personagem, que me fazia vestir com grande entusiasmo. Logo me vi metamorfoseado em Bento Teixeira, e foi assim, como um duplo de meu anfitrião, que compareci à festa.

Vou resumir a história, para não aborrecer meu leitor em pleno carnaval. Meu amigo Bento Teixeira teve, durante muitos anos, uma amante secreta, uma certa Abigail, mulher casada, nariguda e católica. Seu marido, um engenheiro conhecido como dr. Coutinho, só recentemente descobriu, por motivos que não vêm ao caso, que a mulher o traía. Contratou um detetive e logo descobriu também com quem – com meu anfitrião. O engenheiro não conhecia Bento Teixeira, a não ser através de uma fotografia que furtara da carteira da mulher. Mas isso lhe bastava.

Disposto a vingar-se, infiltrou-se entre os convidados da Noite Lisonjeira, fantasiado de gladiador. Pouco depois de chegar, cruzou comigo na beira da piscina, onde eu conversava com uma falsa Carlota Joaquina. Sem pensar duas vezes, o engenheiro desferiu-me um violento soco no queixo. É por isso que aqui estou, em pleno carnaval, com a cara enfaixada e dois dentes quebrados, assistindo aos bailes oficiais pela televisão. Enquanto Bento Teixeira, o verdadeiro, descansa – inocente – em sua fazenda de Chapecó. Como é óbvia e maçante a realidade! Na vida real, assim como no cinema, dublês só servem mesmo para apanhar.

A SEGUNDA ALMA
DE MANUEL FEIJÓ

Dizem que os gatos têm sete vidas, os hindus foram os primeiros a estabelecer a existência de um terceiro olho, localizado entre as sobrancelhas e logo à frente da glândula pineal, e Manuel Feijó demonstrou, com argumentos sugestivos, que os homens na verdade têm não uma, mas duas almas. É uma teoria atrevida, que Feijó defendeu em palestra recente no Clube dos Metafísicos do Cotolengo, tese imprestável para as religiões já que, em vez de apresentar a alma como o reduto da paz e da verdade, sugere ao contrário a existência de um ringue interior, em que uma alma deseja devorar a outra, destruí-la, transformando o espírito no lugar da guerra e da suspeita.

A segunda alma, Feijó nos ensina, chama-se libidibi (exatamente como a árvore, originária da Venezuela), nome que não guarda qualquer motivação semântica, mas que ele escolheu só para prestigiar o acaso. "O acaso é a única lei", M. Estenssoro escreveu, e Feijó lhe dá razão. Durante uma viagem a Caracas, Manuel Feijó sentou-se justamente sob um libidibi para dar o último alinhavo numa carta, e ali, à sombra daquela árvore, lhe veio pela primeira vez a idéia da segunda alma, que traz consigo argumentos nada desprezíveis para domínios do conhecimento tão diversos quanto a metafísica e a geologia, a psicanálise e a culinária.

A existência de uma segunda alma vem demonstrar que, na verdade, somos espíritos desagregados, em processo contínuo de fragmentação e até mesmo de dissolução. A libidibi (o masculino deve ser usado só para a árvore, não para a alma) ajuda a explicar, entre outros fenômenos de natureza dissolvente, a estagnação dos pântanos, a multiplicação das sociedades psicanalíticas de inspiração lacaniana, as semelhanças entre receitas tão diferentes como a harira, a paella e a feijoada e, mais que tudo, alguns dos mais graves de nossos conflitos íntimos.

Não escrevo para rechaçar os argumentos de Manuel Feijó, já que não sou teólogo, ou metafísico, e ainda que também ele não passe de um ex-presidiário que, reconquistando a liberdade por comportamento exemplar, decidiu sobreviver como professor de francês, reservando as horas vagas para ler e, assim, buscar uma explicação para o significado de seus crimes. Feijó era um bom pai de família, praticante da ioga niaia e leitor de Dante, que um dia, sem qualquer explicação, estrangulou os dois filhos, de 7 e 5 anos, esfaqueou a sogra e algemou a mulher dentro da geladeira. Depois, com uma tranquilidade solene, foi ele mesmo se entregar no distrito policial do bairro e, ao longo de todos os interrogatórios, repetiu uma única frase: "Não sei por que fiz o que fiz." Passou onze anos preso, período em que se dedicou a ler filosofia, costurar tapetes com motivos árabes e jogar xadrez. Ganhando a liberdade, tornou-se um intelectual amargo a buscar um sentido para os crimes que cometeu, até que, sob um libidibi, teve o *insight* que mudou sua vida.

Sua teoria pode ser apenas um clichê fantasiado de doutrina, mas ainda assim é bastante útil para explicar o comportamento de certas pessoas que, embora desejem uma coisa, fazem exatamente outra, seres partidos como se um segundo espírito, ainda mais invisível mas também mais forte, agisse e submetesse o primeiro. Nunca matei ninguém, nem cometi atos espetaculares; sou apenas um homem comum, mas a verdade é que muitas e muitas vezes, embora sabendo que desejava e devia fazer uma coisa, carregado por um impulso sempre mais vigoroso que minhas intenções, fiz exatamente a coisa oposta. Agora mesmo: sentei-me aqui para escrever uma crônica sobre gatos e me saiu essa história de Manuel Feijó. Que autoridade teria eu, então, para desmenti-lo?

Rimbaud (tenho um retrato de Vinicius bem à minha frente e ele sempre me faz lembrar de Rimbaud) dizia que os poetas são videntes, mas não creio que se possa restringir essa definição àqueles que trabalham com algum tipo de arte. "Eu digo que é preciso ser vidente, se fazer vidente", ele escreveu um dia, e vidente para Rimbaud não era esse senhor de barbicha que lê uma bola de cristal, mas qualquer pessoa que conseguisse desregrar os sentidos para, assim, descobrir em si mesma os traços de uma segunda visão. "Eu é um outro", Rimbaud escreveu, e depois Lacan lhe roubou a frase para desenvolver, como se fosse sua, uma teoria do inconsciente.

Manuel Feijó tem razão: há sempre um outro a agir dentro de nós, seja o inconsciente freudiano, seja a linguagem que nos extenua e submete, ou uma segunda alma mesmo, a libidibi como ele prefere dizer. Escolho a teoria de Feijó, duas almas em conflito dentro de cada homem, já que ela torna as coisas bem menos abstratas. Agora mesmo minha primeira alma sugere que eu simplesmente desista dessa crônica, que a incinere, mas minha segunda alma diz que não, que devo aceitar as histórias que saem de mim, e eu a obedeço.

TODA VERDADE É CURVA
E EU ESTOU BEM GORDO

  *T*alvez fosse melhor fingir que não aconteceu, mas aconteceu. Eu poderia simplesmente não contar a ninguém, mas a coisa ficaria vagando dentro de mim, cavucando em minha memória, e seria muito pior. É sempre mais prudente não sufocar em segredos, me ensinou meu pai, e essa é, dentre tantas coisas que ele tentou me transmitir, uma das poucas que consegui de fato aprender. Filhos são sempre muito teimosos.
  Não gosto de padres. Eduquei-me com jesuítas e conservo ainda em regiões remotas do espírito (e eis aqui uma palavra, espírito, de que nunca pude me libertar) as cicatrizes das feridas que, com sua ética cheia de temores, seus vaticínios terríveis, eles abriram em meu interior. Mas nós, humanos, somos mesmo estranhos: sempre fazemos alguma coisa do que nos acontece, por mais adverso, ou doloroso, seja o que nos acontece. Também comigo foi assim: se a religião fixou medos e remorsos em meu interior de menino, e fiquei bem machucado, mais tarde, contra eles, busquei outros recursos (a psicanálise, a literatura, a amizade) e, assim, creio que me reencontrei.
  Não gosto de padres, mas ontem, no supermercado, quando me abaixei para pegar uma lata de cogumelos na

prateleira rente ao chão, eu vi as sandálias franciscanas, as unhas grossas, os pêlos inaceitáveis entre os dedos, os pés torcidos pela artrose de um velho sacerdote que remexia na prateleira de vinhos. Examinava, na verdade, uma garrafa de Chianti e, por instantes, cheguei a achar que era alguém fantasiado de padre, ou até uma ilusão, mas não: era mesmo um sacerdote.

"Padre Horácio", ele se apresentou e, notando meu interesse, me ofereceu a mão peluda de caçador. Parecia saído do mato, talvez de um pântano, pois a batina estava empoeirada e manchas grossas pendiam pelas pernas. "Preciso escolher um vinho para oferecer a meu irmão. Aliás, um vinho para bebermos juntos", disse, franzindo os olhos na esperança de decifrar um rótulo em alemão embora, ele me disse depois, não conhecesse uma só palavra dessa língua; então sobrou a esperança pura e inviável, que talvez fosse apenas uma maneira de ser gentil.

Mas eu não podia tirar os olhos daquele sacerdote, que cambaleava entre as prateleiras, não por ação do álcool, mas de uma emoção contida que, ainda assim, estava ali. "Posso ajudá-lo a escolher?", me ofereci, atitude que me deixou surpreso e até irritado, como se outra pessoa a tivesse tomado por mim. Mas já tinha me oferecido, então me agachei e passei a examinar as garrafas, e a sugerir marcas e paladares, sempre os mais doces, pois imagino que padres não tomam bebidas fortes; ao contrário, como os adolescentes e as mulheres, preferem as mais inofensivas.

Estou um pouco acima de meu peso e a barriga interfere em meu equilíbrio, de forma que, num dado momento, tentando alcançar um vinho disposto na prateleira mais baixa, eu mesmo vacilei e caí. Ouvi ainda o grito rouco do padre Horácio, um vagido metafísico, inalcançável, de quem vê uma tragédia que se consuma sem poder interferir. Ele se ajoelhou, pois só assim conseguia me dar a mão e ainda assim se conservar firme, ereto, e por brevíssimos instantes ficamos os dois, confrontados no meio do mercado, sem saber o que dizer, sem saber nem mesmo como continuar. Até que me apoiei numa coluna, ergui-me de meu susto e padre Horácio me ajudou a ficar de pé. Num impulso, pois não planejei esse gesto, eu lhe beijei a mão. Depois, já recomposto, agradeci seu esforço, desejei boa sorte na escolha do vinho que ele beberia com o irmão e, sem olhar para trás, me afastei.

Continuo não gostando de padres – mas aprendi que, para viver bem, às vezes é preciso ser o contrário do que somos, e isso pode parecer ameaçador, mas não traz perigo algum porque, no ponto final, ainda somos nós mesmos. Fato que não mudará. Mudar é penoso: na maior parte das vezes, só conseguimos abrir uma porta para que, por um instante breve, o outro atravesse e logo depois se vá. Não é fácil sair de si, mas naquele mercado, entre garrafas de vinho, eu consegui isso. E nem sei explicar por quê.

Alguns passos depois, voltei a me abaixar para escolher meus cogumelos e minhas beterrabas, como se nada daquilo tivesse de fato acontecido. Pois o tempo é um círculo, toda verdade é curva e retorna sempre ao mesmo ponto e a vida, afinal, deve ser sorvida plenamente. Além do que, ando mesmo precisando perder alguns quilos.

CENTÚRIAS, CENTOPÉIAS E CENTRÍFUGAS

Na virada do milênio, Nostradamus ficou desmoralizado pelo fim do mundo que não se consumou, suas profecias milenares ruíram em minutos e isso me deixou muito aliviado; mas guardei o gosto pelas centúrias, o gênero narrativo, fantasioso e excessivo em metáforas, que ele praticou. Um vento glacial sopra agora em meu escritório, talvez venha montado em restos de séculos antigos, talvez até já tenha enchido os pulmões de Nostradamus e hoje sirva apenas para consolar meu cachorro, que sente muito calor; porque o vento é energia pura, que não se vê, exatamente como essa matéria que molda os escritos e que, depois, mestres de gêneros e escolas, com expedientes duvidosos, tratam de domesticar.

Digo tudo isso, de modo um tanto hesitante, admito, porque um vizinho, Leonildo, cuja mulher entrou em trabalho de parto na madrugada em que o fim do mundo não veio, batizou seu bebê, para protesto de toda a família, de Nostradamus. Mas, se posso chamar meu cachorro de Gaudí, como o arquiteto catalão, e ele se sente tão bem com esse nome, e sempre abana o rabo quando o pronuncio, por que meu vizinho não pode batizar seu filho de Nostradamus – já que as palavras, afinal, não dão grande importância aos gêneros, e nem mesmo aos conteúdos, limitando-se a aderir às coisas e a torneá-las livremente?

Pois esse bebê, Nostradamus, foi, logo nas primeiras semanas de vida, mordido por uma lacraia; sua mãe, distraída, o deixou repousando sobre uma manta aberta no jardim e não viu quando uma centopéia, arrastando-se com suas cores espantadas e pés redundantes, mordeu o bebê bem na barriga, deixando ali uma figura vermelha, que se fixou como uma gravura, ou tatuagem, com a forma de um pequeno sol. A mãe ainda viu quando o bicho se arrastou em direção à fralda e, fazendo uma chupeta de pinça, puxou-o e o jogou bem longe. Mas já era tarde.

Os médicos nada viram de anormal no bebê, mas a mancha solar perdurou, e ainda hoje está em sua barriga, o Sol de Nostradamus, como o pai diz, e ele já foi fotografado, filmado e chegou a inspirar a mãe quando o pequeno Nostradamus completou um ano e foi preciso escolher um motivo para decorar os convites de sua festa. O pai o fantasiou, mas nem era preciso recordar, de Príncipe Sol, já que a nobreza é quase tudo o que se espera de um filho – e é, em geral, tudo o que o oprime.

Penso nisso agora que estou aqui, na cozinha de meu apartamento, as mãos espalmadas sobre as orelhas para atenuar o ruído da centrífuga que rói cenouras e beterrabas com que pretendo fazer um suflê para receber justamente meu vizinho Leonildo, convidado para o almoço com a mulher e o pequeno Nostradamus. Nessa refeição que preparo, toda a dispersão se fecha. Há, como podem ver, um magnetismo que atrai as palavras, que as perfila e que nos leva a perder o controle sobre seus significados; uma espécie de atração que as leva a se encadear à nossa revelia e, indiferentes ao que desejamos, a tomarem seu rumo; e tudo o que nos resta nesse caso, como nos assaltos, é não reagir, pois seria pior.

Foi assim que pensei nas centúrias que Nostradamus escrevia, depois no pequeno Nostradamus de meu vizinho

Leonildo, em seguida na centopéia que lhe gravou um pequeno sol logo abaixo do umbigo e agora na centrífuga que me enerva, mas à qual preciso resistir, ou não haverá suflê algum. Palavras acopladas, dispostas em fila indiana, que me arrastam e às quais estou, na verdade, acorrentado. Mas quem não está? E se não houver suflê, também não haverá almoço, pois é bem limitado o número de pratos que sei cozinhar; e sem almoço o que poderei dizer a meus convidados, o que pensarão de mim? Por isso sou obrigado a suportar essa centrífuga cujos gritos me exasperam, e me consolo recordando a centopéia artista que foi capaz de desenhar um sol onde havia só uma barriga de criança. E recordo ainda as centúrias que Nostradamus escreveu e eu, que não sou dado a profecias, simplesmente não li, mas nem assim estou dispensado de admirar.

É, o mundo não acabou como Nostradamus previu, mas parece que seus segredos, sem que tenham sido resolvidos, tornaram-se mais nítidos e intensos. O que Nostradamus previu, provavelmente, foi o início do mundo.

CONSIDERAÇÕES A RESPEITO DE UMA CESTA

Não me incomodei quando a mulher sentada a meu lado pediu que eu segurasse uma cesta que levava no colo, pois precisava procurar alguma coisa que deixara cair no chão. Inseguro, pensando que talvez houvesse algum objeto frágil em seu interior (pois estava coberta por uma toalha quadriculada), passei a amparar a cesta com as duas mãos, firmando-a entre as pernas quando o ônibus acelerava, ou dobrava uma esquina.

Distraí-me olhando para uma menina que estava no banco da frente, cabelos cor de cebola como os pêlos de um tigre; de vez em quando, preocupada, ela olhava para trás. Quando me virei novamente, a mulher ao lado, muito calma, folheava uma revista. Pensei em interrompê-la, me faltou coragem. Além do que, não posso negar, senti uma súbita curiosidade, muito intensa e mal-educada, de descobrir o que havia naquela cesta.

Não era leve, embora não parecesse atulhada; tinha as alças gosmentas de gordura, o que podia indicar que guardava algum tipo de comida, mas não cheirava a nada; dos lados, pendiam uns pêlos escuros, o que me fez cogitar num animalzinho qualquer – mas a cesta estava inerte, dentro dela não havia qualquer agitação.

Nem assim, com toda essa ausência de sinais, eu desisti. Nem quando a mulher ao lado comentou: "Não se importa de continuar segurando, se importa?" Era a oportunidade para perguntar, afinal, o que era aquilo que ela me fazia levar no colo, mas um rubor leve, que indicava um acanhamento antigo, me fez calar. De forma que ali fiquei, com a cesta a balançar sobre os joelhos, receoso como um escolar com sua primeira merendeira.

Até que, de forma muito vaga, quase imperceptível, uma fumaça (podia ser também um vapor, ou só um resto de pó branco) começou a vazar pelas frestas de palha. Primeiro pensei em algum tipo de talco, que os solavancos me fizessem entornar. Mas era uma fumaça, muito fina, quase invisível, o que me levou a dizer: "É melhor a senhora examinar, há alguma coisa queimando aqui dentro." Eu conservava os olhos esborrachados na cesta, à cata de algum sinal mais consistente, de modo que minhas palavras ficaram perdidas. Só quando olhei para o lado, percebi que a mulher não estava mais ali. O lugar estava vazio.

Ainda examinei os passageiros perfilados em torno, de pé, ou sentados nos bancos laterais. Ela havia saltado e eu não percebi. Uma idéia me assaltou: aquilo era uma bomba, e sem querer eu seria cúmplice de um atentado! Não: ando impressionado demais com os noticiários, pensei. O melhor era levantar a toalha e desvendar o segredo, em vez de imaginar coisas, concluí.

Mas a toalha estava presa, como se estivesse costurada sobre a cesta. Sob ela, havia uma segunda camada de proteção, dura como plástico. Discretamente, comecei a apalpar. Talvez pudesse manusear algum fio, uma válvula, um detonador – pensei, e imediatamente interrompi minha investigação.

O melhor era deixar a cesta no chão e saltar, pensei ainda, cedendo agora ao mais simples egoísmo. Larguei-a entre as pernas, ergui-me, dei o sinal e desci do ônibus no ponto seguinte. As portas do veículo se fecharam. Ainda fiquei olhando, cheio de remorso, quando a menina de cabelos acebolados apareceu numa janela.

Tive o impulso de gritar que abrissem as portas de novo, que era um caso de urgência e eu precisava subir. Mas o ônibus arrancou, lentamente porque a avenida naquela hora estava engarrafada. Ainda ouvi quando alguém gritou: "Quem é o dono dessa cesta?" Mas o ônibus avançou outro pouco e nada mais escutei.

Fiquei ali, no ponto, vigiando o ônibus que descia pela avenida, à espera de alguma tragédia – de algo de que eu jamais me perdoaria. Ele prosseguiu, sem problemas, por duas ou três quadras. Até que, num impulso, fiz sinal para um táxi. "Siga aquele ônibus", eu disse, e não reconheci minha própria voz.

Alcancei o ônibus um pouco mais à frente, estacionado numa parada. Consegui entrar. Foi difícil atravessar o emaranhado de passageiros, até que cheguei à parte traseira, diante do banco em que eu estivera sentado. A cesta não estava mais ali. O sentimento que me tomou, e que disfarcei com uma tosse artificial, ficava entre o alívio e o medo.

Logo em seguida, vagou um lugar numa janela e pude me sentar de novo. O ônibus zarpou. Alguns metros à frente, avistei a menina de cabelos vermelhos que, apressada, caminhava na direção de uma loja de objetos usados. Ela levava a cesta, com certo desleixo, sem grande preocupação, e não parecia muito pesada.

RETRATO MARAVILHOSO DE UM DEPUTADO

Para combater o estresse e uma azia persistente, por recomendação expressa do dr. Alves Pintassilgo, meu homeopata português, comecei a estudar pintura. Dedico minhas noites a esboçar retratos, copiados de fotografias estúpidas que recorto dos jornais. Tenho ganho algum dinheiro expondo meus retratos no calçadão. Há sempre alguém disposto a discutir um preço, o que é admirável, já que eles são medíocres e infiéis. Meus retratos não são o fruto de uma vocação tardia, mas só os restos (como as caixas vazias de um remédio) de um método terapêutico. Depois deles, sinto-me bem mais animado e meu estômago já não queima; não me venham dizer, então, que a arte (mesmo a que não merece esse nome) é inútil.

Semana passada, contudo, recebi um telefonema da Assembléia Legislativa. Era a secretária de um certo deputado, cujo nome a cautela (acrescida do sentimento do ridículo) me recomenda não revelar. "O deputado resolveu entrar para a história", a pobre moça me explicou. "Quer escrever um livro, plantar uma árvore e ter um retrato pintado por você." Deu-me, em seguida, o telefone do gabinete, para que eu mesmo verificasse que não se tratava de um trote, ou uma piada cruel.

Só depois, porque sou mesmo lento para essas coisas, descobri que, nas imediações do Baixo Cotolengo, naqueles bares que varam a madrugada com grupos de jovens de preto discutindo Joyce e Lacan, sou conhecido como O Tiziano dos Pobres. Pobre Tiziano, obrigado, tantos séculos depois, a me suportar como seu lamentável imitador. (Devo dizer que jamais imitei Tiziano, de modo que o apelido, que é disparatado, torna-se, além disso, ofensivo à memória do pintor).

Pois eu, o Tiziano dos Pobres, decidi que telefonaria para o deputado; e foi desse gesto, que parecia pura leviandade, que minha alcunha surgiu. Dos Pobres, vírgula, porque o deputado em questão, meu cliente, é um homem bastante rico. O que não se faz com a língua quando decidimos que uma imagem (barata, de terceira classe) é mais adequada que as evidências oferecidas pelo real. Mas que se dane o real.

O deputado, sem meias palavras, me instruiu: "Não quero que você me pinte como sou, mas como eu quero ser visto." Não poderia esperar outra coisa. Mesmo assim, fui obrigado a perguntar: "E como o senhor deseja que o vejam?" Esse era o problema: mesmo convencido de que não gostava de si, o deputado não gostava de ninguém, de modo que era complicado arrumar um modelo em que pudesse se espelhar. "Quando o senhor se vê num espelho, em quem pensa?", insisti, tentando facilitar o raciocínio de meu modelo. "Ora, penso em mim mesmo", ele respondeu – e sua impotência para as metáforas começou a borrar o retrato que eu ainda nem começara a rabiscar.

Esforcei-me para ver no deputado o homem que ele não era: diminuí o tamanho do nariz, achatei as bochechas de romã, acertei o traço agourento das sobrancelhas, cortei um naco das orelhas de morcego, reboquei a papada – enfim, eu agora merecia, isso sim, o título de O Pitanguy dos Pobres. Dos Ricos, aliás – embora ainda não tivéssemos discutido o preço de minha tela.

Quando lhe apresentei o retrato, o deputado gritou: "Mas esse não sou eu!" Sim, é claro que não era ele, nós já sabíamos; mas agora descobria que não era também o sujeito que ele desejava ser. "Pode me dar pelo menos um exemplo do que procura?", perguntei cheio de receios. Suspirou, repuxou o nariz como se fosse arrancar uma máscara e disse: "Quero ser como penso que posso ser." Era um beco sem saída, uma armadilha – a falência da lógica. Aquilo só se resolveria se eu pudesse entrar na mente de meu modelo, decifrar-lhe os desejos e, por fim, transportá-los para a tela.

"Porque não faz o senhor mesmo um esboço?", sugeri, já sem alternativas. "Só um rascunho rápido, que possa me ajudar." Ele achou que era um pedido razoável. Estava mesmo com a tarde livre, a assembléia em recesso. Eu tinha um compromisso no centro e decidi deixar o deputado sozinho em meu ateliê, divertindo-se com a própria beleza. Assim, poderia rabiscar um rascunho, precário que fosse, do homem que desejava ser. Fazer seu espelho particular, o reflexo já fixado, se é que tal coisa é possível.

Assim que voltei, duas ou três horas depois, o deputado me disse: "Passe amanhã no escritório para receber seu cheque. Você está despedido." Logo que saiu, deixando atrás de si um rastro de enguia, me aproximei da tela. Ela estava vazia. Sem uma única linha, um ponto, qualquer pista.

Devo registrar ainda que, na manhã seguinte, o dr. Alves Pintassilgo, meu homeopata português, me deu alta. Não sei dizer os motivos que o levaram a isso, mas a verdade é que nunca mais senti meu estômago queimar.

TEORIA DO LIXO
QUE NÃO É LIXO

Recebi pelo correio um recorte do *Estado* com minha crônica da semana passada. O envelope veio sem o registro do remetente, restando-me apenas o carimbo de entrada na parte superior: "Botucatu-SP/ Agência central", estava escrito. É a cidade em que vive minha irmã, Angela, em que tenho bons amigos como Carmo, Bosco, Eni e Rada – especialmente Rada, por quem, em tempos remotos, já fui apaixonado.

A crônica veio retalhada por riscos sangrentos, palavras ou frases inteiras sublinhadas com horror; a avaliação "péssimo" acomodava-se, como uma coruja, sobre o título; havia muxoxos, desabafos e impropérios espalhados pelas margens, cujo conteúdo, nefasto, prefiro omitir. Mirei-me neste espelho (sempre os espelhos) e nele vi lascas de meu rosto depois do susto. Por que uma crônica que trata de espelhos – era esse o tema da referida crônica – provocaria tanto rancor? E por que devolver este espelho, em pedaços, a quem o fez?

Telefonei para Rada que hoje, além de minha ex-namorada, é uma famosa bailarina. "A crônica é só o veículo, como a farinha usada nos comprimidos homeopáticos", ela disse, para me consolar. "Pode-se odiar uma crônica, como se pode odiar um político, ou um refrigerante. A aversão não é ao outro, que serve só de excipiente", acrescentou. "O ódio é a si." Doce Rada, sempre pronta para aliviar meus sofrimentos, por que não me casei com você? Deu-me uma explicação improvável, roubada desses manuais de psicologia que se vendem nos sebos e se dão como brinde nas seções de cosméticos. Mas não importa: foi a forma que encontrou para dizer que ainda me ama. Só com o consolo de ter sido consolado, voltei ao espelho que tinha diante de mim. Um remetente que não assina, que não se identifica, que se limita a expressar seu ódio é alguém que, mais do que comunicar um ponto de vista, deseja provocar uma reação. A imagem que eu via era a dele, não a minha. Tudo primário demais, mas, ainda assim, a coisa me fisgou.

Desci para dar uma volta com Gaudí, meu *cocker* inglês, na esperança de que, levado pelo faro de um cachorro, eu pudesse me tranquilizar. Na portaria, cruzei com o casal Orson, do 608, que chegava da rua com o pequeno Lucas. Gaudí cheirava as pernas do menino enquanto eu e os Orsons trocávamos comentários sobre o tempo, que estava mesmo muito instável.

Até que Lucas me olhou e disse: "Você está com a cara suja." Examinei-me no espelho da recepção, este sim uma película metálica sobre vidro, não um pedaço de jornal, e vi, de fato, grandes olheiras a sublinhar meu rosto. "Ando um pouco aborrecido", admiti. "Parece mesmo que levei um soco." Notando meu mal-estar, o sr. Orson perguntou: "Mas foi tão grave assim?" Respondi: "Uma bobagem, dessas bobagens que nos atingem no estômago. Mas estou me sentindo um lixo."

Foi o momento em que Lucas, mais sábio que todos nós, e citando uma expressão do departamento de limpeza urbana, interferiu para dizer: "Lixo não. Lixo que não é lixo." Constrangidos, os Orsons arrastaram o menino pelos braços para dentro do elevador. A porta se fechou e eu ali fiquei, sozinho com aquela frase, tirada da propaganda oficial, que fala dos restos (plásticos, vidros, vasilhames) que devem ser separados em lixeiras especiais. Aquilo que se recicla, que se transforma, que nunca se torna lixo realmente.

Saí com Gaudí, que farejava o chão, remexia em restos de vegetação podre, sobras de comida (lixo que é lixo, diz a propaganda da prefeitura), o focinho empinado de investigador. Para ele, aquilo não era lixo, era ouro. Tudo é sobra, tudo se reverte, até o ódio, me fez pensar. (Pensei e me senti meio bíblico, o que me deixou inquieto, já que não tenho religião).

Alguns dias depois, ao fim de uma palestra na Sociedade Hermenêutica do Cotolengo, uma senhora, espevitada e solene, ergueu-se para perguntar: "Por que o senhor não escreve livros de auto-ajuda?" Tive um acesso de riso, tão sem propósito a idéia me parecia. De ajuda, precisava eu. Ainda agora, me sinto embriagado por esses pensamentos comuns, que repudiamos nos livros, dos quais nos envergonhamos, a respeito dos quais nem mesmo falamos, e que, apesar disso, indiferentes a nossa repulsa, estão todo o tempo a agir. Sobras ou alimentos?

Lixo que não é lixo: eis uma boa maneira de encarar aquilo de que nos envergonhamos. Da vida restam sempre entulhos, dejetos, coisas que não conseguimos digerir, destroços que atiram sobre nós, e aqui ficam, grudados, a incomodar. Coisas que não compreendemos e que, ainda assim, apesar da repulsa que provocam, nos submetem. Lixo que não é lixo, disse o pequeno Lucas, e eu fico a pensar que os meninos são filósofos.

AO SABOR DOS
PENSAMENTOS VAZIOS

*E*m meio a um concerto em Bucareste, a soprano catalã Monserrat Caballé, enfurecida com a falta de sincronia entre sua voz e a orquestra, arrancou a partitura do tripé e, num gesto feroz, a rasgou. Os pedaços da pauta ainda sobrevoavam as primeiras filas da platéia quando, em outro ato intempestivo, e para mostrar que não guardava rancor, Caballé se dirigiu ao maestro valenciano que regia o espetáculo e o beijou nas bochechas.

A imprensa européia noticiou o duplo rompante da soprano com surpresa e alguma indignação, como se eles expressassem, primeiro, raiva desmedida e depois hipocrisia, interpretações que não posso aceitar. Eu também acreditei, durante muito tempo, que devíamos esperar dos seres humanos, operários, burocratas, políticos, ou cantores célebres, só atitudes conseqüentes. A duras penas, no período em que trabalhei como voluntário na secretaria do Refeitório Miranda, aprendi justamente o contrário. Que, despojados dos pensamentos, ou habitados por pensamentos vazios, freqüentemente nos tornamos outra pessoa.

Eu tinha pouco mais de vinte anos quando passei a freqüentar aquela casa antiga, composta de um salão de refeições, uma cozinha larga e dois banheiros, onde um grupo de amigos, todos com as finanças pessoais resolvidas, serviam refeições gratuitas, e diárias, a desamparados.

Havia uma ordem nessa filantropia: os mendigos deviam, primeiro, tomar uma boa ducha, depois tirar fotografias postados contra a parede do fogão e só então estavam prontos para receber sua carteira de associado, que eu mesmo datilografava, como nos clubes de golfe e nas cinematecas de arte.

A carteira, plastificada às pressas, bastava para lhes dar uma dignidade que jamais tiveram. Eles as usavam fixadas no peito com alfinetes e entravam em pânico se as perdiam, o que nada significava, porque bastava procurar a sra. Miranda, a fundadora da instituição, que, minutos depois, ela me pedia que lhes fizesse outra. Função que me levou a conhecer, um por um, e bem de perto, quase todos os sócios.

Eunice Miranda herdara, de uma tia distante, uma pequena fortuna, que decidiu investir na fundação do refeitório. Era ela mesma quem ia para o fogão chefiar as cozinheiras, quem pegava no pesado e administrava as compras para as duas refeições diárias, almoço e ceia, servidas para os mais de cem cadastrados.

Acostumado, até por dever de ofício, a conversar com os freqüentadores da casa, logo passei a me considerar um especialista, capaz de recitar de cor as histórias, as manias, as preferências alimentares, as idéias fixas e até mesmo de prever os comportamentos, se não as respostas completas, de cada um deles. Mas, no fundo eu sabia, por mais que me esforçasse, eu, um rapaz de classe média que estudou com os jesuítas, jamais viria a entender realmente aqueles homens.

Meu prestígio, contudo, perdurou, até o dia em que dr. Lorota, um mendigo famoso por sua retórica, que costumava citar o Apocalipse (misturando-o, é verdade, com trechos da Constituição de 1945) e até versos dos *Lusíadas*, em meio a um de seus célebres discursos de sobremesa, sacou de um facão de cozinha e, despido de pensamentos – exatamente como a soprano célebre no palco de Bucareste – investiu contra um mendigo magrinho, desamparado, que chamávamos apenas de Li – talvez porque tivesse olhos repuxados de chinês.

O pior só não aconteceu porque, naquele fim de expediente, três ou quatro sócios ainda estavam no salão. Eles saltaram sobre o dr. Lorota e, com alguma dificuldade, o imobilizaram. Um deles, nascido no Acre, ainda assim, teve dois dedos da mão decepados. Os tapetes de plástico que cobrem o chão do Refeitório Miranda, até hoje, guardam uma sombra da borra de seu sangue.

Eu mesmo, quando estava ansioso, costumava me aconselhar com dr. Lorota, que me ouvia pacientemente e depois, evitando fazer citações sagradas porque já sabia que não aprecio a religião, ainda encontrava umas palavras doces para me dizer, inúteis certamente, mas que serviam para apaziguar meu coração de rapaz.

Hoje, lendo a notícia do rompante de Monserrat Caballé, me lembrei, foi inevitável, do velho doutor e seu inesperado facão de cozinha. A soprano não estava armada, nem agrediu ninguém (ao contrário, até beijou as bochechas do culpado). Mas ela e o dr. Lorota foram, cada um em seu cenário próprio, tomados pelo mesmo abalo, esses ímpetos com os quais nos desmentimos, de que depois até nos envergonhamos, mas que, mesmo vazios como embalagens usadas, sem nenhuma palavra que os expresse, guardam nossas partes mais secretas.

O NASCIMENTO
DAS SERPENTES

*E*u bem que avisei a Lopes: sua indiferença podia ser um grande erro. Ele reclamou, como sempre faz, de minha tendência ao exagero e de minhas cautelas excessivas. Mas eu não pensava em um risco físico, ou que tivesse uma origem precisa, e sim numa ameaça incerta, que poderia vir de qualquer parte.

Sou dado a intuições e isso talvez pareça incompatível com o sujeito peludo que sou, já que os pressentimentos são tidos, em geral, como femininos. Mas eu não pensava só em um presságio, o que eu sentia era algo ainda mais errante. Algo como um susto, eu disse a Lopes.

Meu pressentimento se relacionava, eu sabia, com a relação entre Lopes e sua filha, Emy. Por isso, quando ele me disse que a chamaria de volta para casa, esforcei-me para dissuadi-lo. Desde que Lopes e Anita se separaram, Emy vivia num pensionato para moças. Mas agora ele decidira que, se Anita se convertera ao budismo e fora viver na Ásia, chegara a hora de trazer a filha de volta.

Lopes não se casou novamente e tem uma vida afetiva tormentosa. Seu apartamento não me parece o ambiente adequado para uma moça de quinze anos incompletos. Eu o adverti, mas Lopes, como sempre faz, me chamou de moralista. E, amparado nesse diagnóstico, deu nossa conversa por encerrada.

Depois que Emy se mudou para o apartamento de Lopes, os tais presságios se ampliaram. "Você está ficando muito sensível para meu gosto", ele debochou de mim. "Que tal voltar para as aulas de musculação, tomar umas cervejas e arranjar umas namoradas?", sugeriu.

"Vamos, Lopes, que tipo de vida você poderá dividir com Emy?", ainda perguntei. "Que tipo de conversa vocês poderão ter, me diga francamente?" Ele reagiu: "Ora", me disse, "afinal eu sou o pai dela. Conversaremos como pai e filha, é só isso". Como se, para as palavras, laços de sangue fossem uma garantia, eu pensei.

Emy começou a ter hábitos incomuns, o próprio Lopes agora admite. Estava crescida demais para colecionar serpentes, vivas, que abrigava em caixas de sapato. Ela as alimentava com zelo e as batizava com nomes bíblicos, Ester, Judite, Rute, aquilo não era aflitivo?

Depois raspou a cabeça, o que Lopes atribuiu à influência da estética *punk*. Está bem, eu aceitei, tomara que seja só isso. Mas não foi: um dia, Emy passou a se barbear – quer dizer, a barbear a barba que não tinha. Depois, jogou fora seus vestidos, batons e sutiãs. Tendia para o masculino – mas era tão feminina, que aquilo dava medo.

"Minha filha tem um namorado, e o rapaz luta judô –", Lopes me disse. "Não", eu retruquei, "não estou pensando na sexualidade de Emy", eu lhe disse, "isso não me preocupa. O que me inquieta é que ela parece se despir de si mesma. Algo está muito perto de acontecer", eu insisti. "Mas o quê?", Lopes teimou. "Ora, se eu soubesse, daria o nome adequado", respondi. Se soubesse responder com as palavras certas, não seria uma intuição.

"São coisas da juventude", Lopes argumentou. "A adolescência é uma doença". Ainda não disse que meu amigo é sociólogo, nem que se considera um especialista em transformações: golpes de estado, revoluções, insurreições populares, levantes. Tudo o que se passava com a filha, ele resumiu, apontava para a revolta. "Você é um grande reacionário", comentou satisfeito. Talvez eu seja – tanto que freqüento os churrascos do Rotary Clube e sempre cruzo a rua na faixa para pedestres.

Na manhã em que Emy começou a matar as serpentes para comê-las, Lopes ainda achou que talvez faltasse à filha alguma vitamina especial, guardada apenas no corpo dos ofídeos. "Não seja ridículo", eu lhe disse. "Ela está se envenenando". Quis dizer, sem lhe dizer, que aquilo era um modo de se destruir. Há coisas que não se dizem a um pai.

Não vou descrever os métodos usados por Emy para saborear as serpentes porque, além de repulsivos, são inaceitáveis. Deve ter ingerido uma meia dúzia delas até que o pai, enfim convencido de que algo incomum se passava com a moça, resolveu interná-la.

Os médicos a salvaram do envenenamento. Doparam-na durante muitos dias. Quando Lopes foi apanhá-la, ainda lhe disseram: "Trate de cuidar da cabeça de sua filha". Mas Lopes considerava tudo aquilo uma bobagem. "Adolescentes são dados a asneiras", ele afirmou. "São sempre esquisitos e aloucados". E chegou a rir.

Agora que Emy insiste que é uma serpente, e não mais uma mulher, ele me leva a sério. Mas parece ser tarde demais.

BENTO WIZARD, ESCRITOR INACESSÍVEL

Disseram-me que na Rua Girassol, na Vila Madalena, vive o mais misterioso escritor do país. Seus originais, que jamais foram lidos, estariam trancados numa arca, selada com um cadeado alemão cujas chaves, diz-se ainda, ele mesmo engoliu. Desde que devorou as chaves, Bento Wizard se tornou o principal obstáculo a isolar sua própria literatura. Contudo, o mais provável é que tal arca e tais originais jamais tenham existido.

Meu amigo Azambuja, o violoncelista, foi a primeira pessoa a me falar de Bento Wizard que, por coincidência, é seu vizinho de porta. Certa madrugada, ao chegar em casa, Azambuja cruzou com Wizard, fita métrica em punho, a tomar medidas no *hall* dos elevadores. "Vai haver uma reforma?", perguntou ao escritor, só para não passar por desinteressado. "Não", Wizard respondeu secamente. "É só para saber se cabe." E sem forças para se deter no que caberia ou não naquele pequeno vestíbulo, meu amigo, ainda cheio de dúvidas, se trancou em seu apartamento. Tornou-se desde então não só a única pessoa que já viu Bento Wizard cara a cara, como também o primeiro homem que conseguiu trocar algumas palavras com ele.

Ninguém até hoje teve coragem de contestar a reputação literária de Bento Wizard. A crítica, mesmo sem escrever isso, até porque não dispõe de livros de sua autoria que pudesse apreciar, o considera o maior escritor vivo de São Paulo; os editores, olhando desconfiados uns para os outros, disputam, secretamente, seus originais – que nunca foram vistos, quanto mais lidos. Não se sabe a origem de seu renome e, na verdade, este é um tema de que todos preferem se esquivar. Melhor dizer apenas, como se faz, que Bento Wizard é um escritor extraordinário – e, nesse caso, que ele nada tenha publicado, é um fato que atua a seu favor, já que assim não corre o risco de receber críticas dolorosas, ou de ter suas qualidades postas em questão. Pois nem é certo, sequer, que Wizard tenha conhecimento da polêmica literária que envolve seu nome. Talvez nem saiba que o tomam como escritor.

Ocorre que hoje, um dia em que nada tenho para fazer, decidi encher minhas horas perseguindo Bento Wizard. Hospedado no apartamento de Azambuja, que vem a ser contra-parente de minha terceira mulher, esperei durante boa parte da manhã que ele entrasse no elevador para, em seguida, em disparada, descendo os dez andares pela escada, escorá-lo bem no *hall* de entrada. Mas, ao chegar à portaria, já não o vejo. "Ninguém passou por aqui", o porteiro me assegura. A saída de serviço está vedada, por causa de obras hidráulicas no portão; Wizard, além disso, não tem carro e nunca dirigiu; logo, também não saiu pela garagem. Uma moça ruiva, que acaba de descer pelo elevador social, o mesmo que vi Wizard pegar, me garante que, quando o tomou, no sétimo andar, ele estava vazio. E que chegou sozinha ao térreo.

Ainda caminho alguns metros, mas nada encontro. Volto ao apartamento de Azambuja e, bastante contrariado, me estiro no sofá da sala. Quero ficar ali, encolhido, esperando que o tempo passe e, passando, quem sabe mais para frente Bento Wizard se digne a, pelo menos, escrever algumas poucas linhas, para que possa afinal ser julgado por seus pares. Consagrado ou condenado, terá enfim existido, o que nessa altura me parece suficiente. Mas, assim que fecho os olhos e estico as pernas sobre uma almofada de organdi, ouço um estrondo que vem do *hall* dos elevadores. Pé ante pé, vou até a porta e me debruço sobre o olho mágico. De cuecas listradas e óculos de ourives, Bento Wizard orienta dois rapazes que, com o fôlego a perigo, chegam pela escada trazendo, nas costas, uma enorme arca de madeira. Depois de muitos movimentos transversais, eles conseguem entrar no apartamento do escritor. Logo em seguida, muito suados, reaparecem, se despendem e a porta se fecha.

Agora sou eu quem me ponho a pisar, cheio de dedos, o chão de mármore do *hall* do 11º andar. Recostado contra a parede, me esforço para ouvir alguma coisa, uma palavra que seja, um ruído qualquer, um só indício do que se passa no apartamento de Wizard. Permaneço à espreita por um longo tempo, bastante envergonhado, até que desisto e volto para dentro. Quando meu amigo Azambuja chega de seu serão de músico profissional no Bar dos Atravessadores, já de madrugada, me encontra debruçado sobre o computador, escrevendo freneticamente. "Descobri que Wizard não é um escritor, mas sim um livro", eu lhe comunico, incapaz de afastar meus olhos da tela. Talvez só assim, invertendo os papéis, e me tornando o autor de Bento Wizard, eu consiga chegar até ele.

TUNDER OLHA PARA O ALTO E CAI

Não há lições a tirar do que estou contando, o balconista me advertiu, num tom descortês. Continuo meu relato só enquanto você não se decide por um de meus tapetes, para que relaxe e, assim, talvez possa se resolver. Não vim ao bazar em busca de ensinamentos, eu reagi. Se ouço, é só porque nada de melhor tenho a fazer. E, repito, não estou interessado em seus tapetes – quase gritei. Mas o balconista não se perturbou com minha ênfase e continuou a relatar sua história.
  Todo verão Tunder retornava ao bazar, ele prosseguiu. Eu o avistava de longe, vestindo um jaleco de aventureiro, o chapéu de caçador, uma figura ridícula, mas feliz, me disse. Entrava e remexia em meus tapetes, meus espelhos, meus pêndulos, minhas facas. Circulava pela loja, insensível à presença dos vendedores. Como se não estivesse realmente ali. Jamais comprou um artigo que fosse, o balconista reclamou – e agora era como se ele estivesse diante de Tunder, prestes a esbofeteá-lo, como se eu mesmo fosse Tunder, em pessoa, a promover sua raiva. Rondava entre meus balcões e prateleiras, o nariz torto e os olhos duros, de quem olha para dentro, descreveu.
  Não era razão para que você desejasse destruí-lo, reagi. Muito menos, motivo suficiente para fazer o que fez.

Abaixou-se, se arrastou por baixo do balcão e veio se postar à minha frente, as mãos nos quadris, um pescoço arrebatado, o corpo a sacolejar num lentíssimo ritmo, como a agitação que precede os terremotos – tão sutil que, dizse, só os cachorros e as formigas podem perceber. Achei que fosse me expulsar da loja, mas prosseguiu: – Se cavei aquele buraco bem diante do astrolábio de parede, não foi pensando em Tunder. Isso eu garanto. Mas o destino quis que, sem pensar nele, eu tramasse sua queda. Anunciou que não me daria lição alguma, mas agora falava em castigo? As pessoas aqui não podem se livrar de valores duais, pensei. Bem e mal, mal e bem, sempre esse inferno! – pensei ainda, pensando logo depois que, se me vinha a imagem do inferno (omitindo seu oposto, o paraíso), era porque eu também, infeliz de mim, fora contaminado por aquele maldito duplo.

Isso vem de Zoroastro, continuei a pensar, mas acabei dizendo além de pensar. Por que você fala em Zoroastro? – o balconista reagiu, ofendido em seus valores espirituais. Falo um árabe razoável, que aprendi em Marseille nas oficinas de madame Dreux, mas vacilo bastante nas palavras e usei essa deficiência como desculpa. Eu quis dizer outra coisa, me justifiquei, sem explicar ou retomar o que teria desejado dizer. Eu me confundi, foi só isso.

Assegurou-me, ainda, que cavou o buraco porque nele pretendia enterrar, bem diante de suas barbas inexistentes, as moedas de ouro que herdara de Arbu. Buscava, contudo, um cofre seguro dentro do qual elas não viessem a enferrujar. Por isso deixei o buraco aberto, disse. Ainda tomou o cuidado de fincar uma bandeira vermelha na borda, para que ninguém viesse a tropeçar. Se Tunder não a viu, a culpa não foi minha. Se quebrou os braços, nada lhe devo. Se torceu as pernas e teve que sofrer uma cirurgia, é o único responsável pelo que lhe aconteceu. Eu, não.

Na enfermaria do Hospital Nacional onde fui visitá-lo, encontrei Tunder com as pernas dependuradas em um cavalete, o rosto envolto em faixas de gaze grossa, só um olho de fora. Você não devia ter vindo, foi a primeira coisa que me disse, imitando a entonação arrogante dos piratas. Agora vão pensar que somos comparsas. Não sei que tipo de conspiração Tunder imaginava; devia ser alguma seqüela da doença, ou um efeito colateral dos sedativos. Talvez fosse só algum pensamento rançoso a respeito dos mercadores, que a doença fazia vazar.

Arrastei a primeira enfermeira para a borda da cama e ordenei: – Creio que meu amigo está precisando de cuidados. Sentei-me a seu lado e esperei enquanto a moça ajeitava os travesseiros e lhe aplicava uma injeção amarela. Mais calmo, explicou-me que, no mesmo dia em que caiu no buraco do bazar, começava a rascunhar mentalmente seu *Ensaio da maldade*. Eu tinha, enfim, chegado àquela atenção elevada sem a qual não se pode filosofar, recordou. Estava suspenso em meus pensamentos, sobrevoava minhas idéias, e então caí. E foi tudo.

Despedi-me de Tunder e voltei ao bazar. Uns meninos acabavam de fechar o buraco. Assim que me viu, o balconista se aproximou e, sem se dar ao trabalho de perguntar por meu amigo, disse: – E hoje, você compra aquele tapete? Escolhi um tapete marroquino vermelho, com bordas cerzidas em dourado, de que na verdade não gosto muito. Foi minha forma de lhe pedir perdão.

ALI ONDE VOCÊ NADA, ELA SE AFOGA

Prog me diz que deseja ser como a filha Antônia; ter um pouco da liberdade interior que a deixa tão leve, dispor só de uma pequena porção de sua doce irresponsabilidade, dividir com ela, ainda que em partes desiguais, um pouco da inconsciência que a afasta da culpa e dos sentimentos pesados. Isso Prog me diz, enquanto caminhamos na direção do Asilo Everton, onde a moça está internada. Olhe para mim, Prog me pede: não sou mesmo um sujeito repulsivo e desinteressante? Não sou um cara previsível, com idéias que todos têm, não sou só um arremedo de homem? Pois agora pense em Antônia, ele continua. Não é muito melhor ser como ela?
 Não respondo. Não sei o que dizer, pois qualquer coisa que viesse a dizer talvez ele tomasse como uma reprovação. Melhor acompanhá-lo em silêncio, as pernas a latejar, os pés esmigalhados pelas curvas, devagar e devagar. Bate uma chuva oblíqua, transversal, que me entra nos olhos. Prog se protege erguendo a gola do paletó, mas eu prefiro deixar que a chuva me mordisque, que penetre em meus poros, que pique minha insensatez.
 Deixo que Prog caminhe apressado, ávido de Antônia como uma mariposa da luz, penitente, sofredor, sedento da santidade da filha, pois para ele Antônia não está louca, é

só uma moça iluminada. Quisera eu, Prog continua, eu que me esforço para ser um escritor de vanguarda, que luto para me ultrapassar. Quisera eu ser como Antônia, resmunga. Você leu meu *Mefisto?* – ele me pergunta (Prog tem um romance chamado *Mefisto plácido*, um livro longo e tedioso, cheio de maldades e de ignomínias, pois ele acredita que, rompendo toda moral, só assim, se tornará um escritor original).

Sim, eu o li, meu caro Prog. Eu li e o entendi muito bem, assegurei. (Mas por que digo que entendi, se não entendi? Por que o consolo com mentiras?) Prog também reconhece o fracasso de seu *Mefisto*, tanto que me diz: – Quisera eu dispor de metade da liberdade de Antônia! Diz, e se cala, porque a inveja não lhe cai bem. Mas talvez ele não tenha percebido e ache que se calou só porque nada mais tinha a dizer. Não passa de um inocente.

Volta a falar. Nós vivemos uma guerra de conteúdos, Prog continua. Nossas idéias nos oferecem uma coisa, mas logo lhe contrapomos outra; uma idéia nos vem, mas logo a censuramos, ou modificamos, ou mesmo ampliamos, jamais nos contentamos com ela. E essa guerra de conteúdos nos exaure. Ela é a nossa desgraça, você me entende? A única pessoa realmente livre dessa guerra é Antônia!

Sim: Antônia não precisa escrever porque já vê o mundo como uma escrita enigmática; não precisa pintar, pois já pinta com os olhos. Não reluta, não pesa, não considera, não compartilha: apenas faz. Antônia apenas faz, ele grita, cheio de entusiasmo. Apenas faz, apenas faz e isso lhe basta!

Creio que posso entender o dilema de Prog. Sua filha, que nada desejou, ele pensa, ainda assim conseguiu. Ele, que ao contrário tanto luta, ele pouco consegue. O *Mefisto* é muito pouco perto do que Prog deseja; no entanto Antônia parece nada mais desejar, parece tudo ter encontrado com sua loucura. Eu queria ser como ela, Prog insiste.

Queria que ela me desse só um pouco do que tem. E o que tem é tudo, ainda diz. Não queria ser o burocrata que é, que escreve à noite roubando horas de sono, um vanguardista da madrugada enquanto, de dia, é um homem normal, comum, igual, um qualquer.
    O doutor nos recebe cheio de cerimônias. Para facilitar a relação entre eles, Prog lhe oferece um exemplar do *Mefisto*, autografado. "Ao doutor F., que compartilha a liberdade de minha filha", está escrito. O médico lê, meio de lado, meio inquieto. Acha mesmo que ela é livre? – lhe pergunta, depois de um aperto de mão.
    Claro que é, Prog lhe diz. Mas foi o senhor quem escreveu o livro, não foi? – o médico insiste. O *Mefisto* é seu, não dela. Sim, é meu, Prog responde. É meu, mas não presta. É um livro tolo, nada é perto da liberdade que minha filha conquistou. Nada significa se contraposto a Antônia. Nada.
    Talvez, o doutor diz. Talvez vocês compartilhem (rouba-lhe o verbo, compartilhar) o mesmo veneno. O mesmo tônico. A mesma substância, seja que valor moral o senhor prefira lhe dar. Mas, enquanto o livro é uma prova de que o senhor nada contra a corrente, Antônia, sua pobre filha, nela se afoga, o médico diagnostica. E depois, enfezado, nos dá as costas.

HOMEM QUE SOFRE DE PÁSSAROS

Até aquela manhã, caro instrutor Teixeira, eu era, ou achava que era, um homem feliz. Mas quando, a caminho do supermercado, dois pássaros cinzentos, desses que se enfileiram nos fios de luz, se aproximaram e, com uma candura irresistível, bem no meio da calçada, se aninharam a meus pés, passei a ver que sofria. Ali fiquei eu, senhor Teixeira, perfilado diante de um poste, e por algum tempo deixei que aqueles passarinhos se remoessem em agrados, que se enroscassem, até que, percebendo que aquilo não terminaria, eu os enxotei. E assim, satisfeito, prossegui meu caminho, achando aquilo tudo realmente muito doce.

Que nada, senhor Teixeira, poucas coisas mais amargas podem acontecer a um homem. Desde então, por onde ando, pássaros surgem lá sei eu de onde para, num salto, se aconchegarem a meus pobres pés cheios de calos, pés infelizes que trago sempre em sapatos largos, de palhaço. As crianças, quando me vêem, gritam: "Arrelia". (Mas será isso mesmo o que gritam? Arrelia foi um palhaço de minha infância. Talvez gritem "alegria", e não "Arrelia", e seja esta a palavra, alegria, que eu não consigo suportar.) Gritam, riem e zombam, essas malvadas crianças.

Mas meu problema é com os pássaros, não com as crianças. Agora mesmo, senhora Y., insisto para que verifique mais uma vez se trancaram bem as portas porque, se restar algum vão, que seja uma só fresta, logo os pássaros estarão voando para dentro do depósito e passarão a se esfregar em meus sapatos. Talvez o mais correto seja que a senhora zeladora permaneça de pé ao lado da porta, vigiando cada vez que um desses rapazes do almoxarifado entra na sala. Sabe, senhor Teixeira, o momento mais constrangedor foi quando, tendo ido ao Shopping da Matriz para comprar uma bandeja, passarinhos surgiram das tubulações de ar refrigerado, ou das cozinhas das lanchonetes, ou das prateleiras das butiques (de onde mais poderiam ter vindo?) e, sonolentos, se aninharam a meus pés bem no corredor central. De modo que os visitantes fizeram um círculo a meu redor, embasbacados com aquela atração inusitada, e se puseram a fotografar, a aplaudir, e até mesmo a lançar algumas moedas.

    Fui preso e interrogado. Soltaram-me com a ordem expressa de que tomasse um longo banho de imersão, porque talvez algum odor secreto, aderido a meu corpo, provocasse aquela atração irresistível. E aquilo, me disse o policial, isso não pode se repetir; o senhor não percebe que está perturbando a ordem pública? Comprei desinfetantes, desodorantes, emulgentes, borrifei toda a casa com anti-sépticos, mas continuei a atrair os pássaros. Cheguei a trocar os sapatos largos por modelos mais apertados de executivo; não era um efeito dos sapatos, pois a coisa prosseguiu. Por que isso acontece logo comigo?

    Ora, senhor gerente da seção de alimentos, e lá vou saber? – o instrutor Teixeira me diz. Evoca então aquele flautista que, com sua flauta, atraía os ratos – mas uma coisa é atrair roedores para expulsá-los, outra é se ver, sem que isso tenha qualquer préstimo, assediado por pássaros e mais pássaros, vindos de lugares imprevisíveis, aos montes, trazidos por alguma força desconhecida que, no entanto, age dentro de mim. Pobre de mim, que já nem posso mais trabalhar à noite na Leiteria Blum, ou os sanduíches e as coalhadas e os *milk-shakes* que sirvo com tanto empenho seriam destruídos.

Ainda não perdi meu emprego noturno, senhor Teixeira, mas estou por um fio. Perdi a honra, perdi o equilíbrio, perdi a lucidez. Pensei em procurar um veterinário, mas a doença não é dos passarinhos, é minha; considerei a hipótese de visitar um pedicuro, um ortopedista, e até mesmo um dermatologista, mas desisti. Meus pés estão cheios de calos, mas ainda são fortes; tenho ossos largos e uma pele bastante firme. Sabe, senhor Teixeira, este é um mal (ou um bem, eu já não sei) que vem de dentro. Cheguei a cogitar em visitar um sacerdote, mas não é também uma doença do espírito – se é que espíritos existem. Vem de dentro, de dentro de mim, mas exatamente de que ponto? A senhora Y. faz o obséquio de me trazer um copo d'água. É muito gentil, mas a gentileza também não adianta em meu caso. Talvez eu devesse ver algo de poético nesses passarinhos que se aninham a meus pés (talvez sejam versos de Manoel de Barros, versos encarnados em aves). Mas, quando estou descalço, eles picam com doçura a ponta de meus dedos e beliscam minhas unhas. E dói, como dói! – e versos não doem. Não os do Manoel. Outros talvez possam ver poesia no que acontece comigo, mas sabe, senhor Teixeira, eu me limito a sentir dor. E quem sente dor não vê poesia alguma nas coisas. Nem mesmo nesses passarinhos tão encantadores.

COMO DESMONTAR
UM FORNO ELÉTRICO

A relutância de Silveira era previsível. A idéia de que a realidade não existe, ela deve ser procurada e conquistada, noção que eu roubara de um poeta que li na juventude (poeta com um nome que já não posso recordar, algo como Celênio), tornava-se intragável para um homem como Silveira, autor consagrado de manuais de auto-ajuda. *Como desmontar um forno elétrico*, seu livro mais recente, faz grande sucesso entre os adolescentes – e vários deles foram castigados depois de experimentar os ensinamentos de meu amigo na cozinha dos pais.

Acompanhei-o até a Loja Gótica. Fui pensando na frase. A realidade não existe, ela deve ser procurada e conquistada – Celênio disse. Pensava e olhava para Silveira, enquanto ele procurava um presente para a mulher. Talvez seja melhor ir a outra loja, eu sugeri; mas Silveira acreditava que a realidade está sempre à sua disposição, basta saber manejá-la e o mundo se dobra a nossos desejos. Tudo é uma questão de seguir as regras, ele diz.

Comprou uma marinha. Convenceu-se de que era perfeita e imaginou a parede em que a mulher a colocaria. E se satisfez com essa conclusão, que nem mesmo uma reação imprevista da esposa teria o poder de contestar. A vem sempre antes de B, Silveira me disse. Essa sua idéia de que as letras podem ter sua ordem alterada, de que as coisas podem se contorcer e, nesses casos, precisam ser conquistadas, reinventadas, só vem atrapalhar a vida diária, ele me disse. E sorriu satisfeito, pois aquelas idéias o acalmavam.

Por isso, eu não podia esperar que, um dia, Silveira viesse a me telefonar tão desesperado, que chegasse a precisar tão sofregamente de mim. Venha correndo, ele pediu. Fui. Encontrei-o em péssimo estado: a face molhada (lágrimas que lembravam o azeite), olhos sitiados em borras escuras, a postura retorcida, a respiração artificial. Então disse: – Alguma coisa acontece comigo e não sei dizer o que é. Parecia em pleno colapso, um vulcão que, em vez de explodir para fora, estoura para dentro. Estava assim: o interior roído, como se um rato tivesse penetrado em seu esôfago e fosse mordiscando as entranhas, pedaço a pedaço. Eu podia imaginar o rato que agora rondava seu coração, pois Silveira levou a mão ao peito e, com as pontas dos dedos, fazia círculos mágicos em torno dos mamilos.

Esperei que encontrasse um modo de se expressar, mas nem mesmo tentava. Só balbuciou: – As palavras não servem para nada. Diante disso, achei que devia dizer alguma coisa, lhe emprestar minha voz. Tinha a impressão de que sua dignidade havia sido demolida e, com ela, seu senso de identidade, mas não podia dizer isso. Você não está muito bem – resumi, para não ser duro.

Sim, não estou nada bem, admitiu. Tudo estava tão correto e, de repente, essa pane, lamentou-se. Parece que você está sufocado por sua felicidade, comentei, só para provocá-lo, porque aquela vida de manual não podia mesmo fazer ninguém feliz. Ergueu-se e começou a andar pela sala. Foi até uma estante, ajeitou umas fotografias que estavam fora da sincronia, abaixou-se e esticou melhor o tapete e depois alisou as cortinas. Tinha a vida sob controle; mas era isso, eu pensei, o que o destruía.

Sugeri que saíssemos para tomar um uísque. Em plena tarde de uma quarta-feira, aquilo lhe pareceu um deboche, mas já não tinha forças para reagir. No Bar dos Lemes, passou a chorar. Não me explicou por que chorava e nem achei que tal explicação pudesse realmente ser importante. Uma fenda se abrira na mente de Silveira e aquilo bastava.

Fiz uma viagem de trabalho e fiquei algumas semanas sem notícias de meu amigo. Quando regressei, soube que mudara de cidade. Não deixou o novo endereço. Sem ter como localizá-lo, e só para me consolar, entrei numa livraria e pedi um exemplar de seu manual para fornos elétricos. Toda a edição fora recolhida a pedido do autor, o livreiro se desculpou. Infelizmente, não tenho como conseguir.

Há um louco em Curitiba, um desses personagens de rua que se tornou famoso por seus gritos. Ele diz se chamar O Dividido, mas um conhecido me assegura que esse é apenas um apelido de Robson Silveira. Não sei se isso é verdade, mas verídica ou não, a hipótese faz sentido. No caso de Silveira, se for assim, a realidade precisou ser conquistada, à força, e a cisão foi tão profunda que ele não pôde fazer o caminho de volta. Passou a habitar o abismo, o que, para um autor de manuais tão assépticos, convenhamos, não chega a ser mau.

Agora me ocorre outro verso de Celênio – que talvez se chame Heleno: "A realidade é quebradiça/ e nem sempre existem reparos." Silveira não o leu a tempo.

BIOGRAFIA DE JOSÉ CASTELLO

Nasceu no Rio de Janeiro, em 8 de fevereiro de 1951. Formou-se em jornalismo pela Escola de Comunicação da UFRJ, onde obteve, também, o título de Mestre em Comunicação com a dissertação inédita *O manequim de carne*, sobre as chamadas "revistas masculinas". Foi repórter do *Correio da Manhã*, do *Diário de Notícias*, do semanário *Opinião* e da revista *Veja*. Foi chefe da sucursal carioca da revista *Istoé* e editor dos suplementos "Idéias/Livros" e "Idéias/Ensaios" do *Jornal do Brasil*. Entre 1990 e 1993, trabalhou como pesquisador da editora Companhia das Letras no acervo de inéditos do poeta Vinicius de Moraes, sob a guarda da Fundação Casa de Rui Barbosa, no Rio de Janeiro. A partir desse trabalho, organizou e prefaciou a edição de dois inéditos de Vinicius: o *Livro de letras*, de 1991 e o *Roteiro lírico e sentimental do Rio de Janeiro*, de 1992. Em 1993, lançou pela Companhia das Letras seu primeiro livro, *O poeta da paixão*, biografia de Vinicius de Moraes, contemplado com o Prêmio Jabuti. Seus livros seguintes foram: *O homem sem alma*, ensaio biográfico sobre o poeta João Cabral de Melo Neto (Rocco, 1996); *Na cobertura de Rubem Braga*, um retrato do cronista (José Olympio, 1996); *Uma geografia poética*, ensaio breve sobre as relações de Vinicius de Moraes com o Rio de Janeiro (Relume Dumará/RIOARTE, 1996); *Inventário das sombras*, conjunto de retratos de escritores como José Saramago, Alain Robbe-Grillet, Nelson Rodrigues e Clarice Lispector (Record, 1999); e *Fantasma*, romance (Record, 2001), que recebeu menção especial do Prêmio Casa de las Américas, de Cuba. Vive em Curitiba desde 1994. Um ano antes, tornou-se cronista semanal do "Caderno 2" de *O Estado de S. Paulo*, onde passou a escrever também crítica literária, funções que exerceu até o ano de 2002. Tornou-se em seguida colaborador dos jornais *O Globo*, *Valor Econômico*, da revista *Bravo!* e do site *Nominimo*. No ano de 2002, começou a trabalhar em ensaio biográfico sobre Pelé, contratado pela Ediouro.

As crônicas aqui reunidas foram todas publicadas, originalmente, no "Caderno 2" do jornal *O Estado de S. Paulo*.

BIBLIOGRAFIA

O poeta da paixão, biografia de Vinicius de Moraes, São Paulo, Companhia das Letras, 1993. Prêmio *Jabuti*, da CBL, de 1994.

O homem sem alma, ensaio biográfico sobre João Cabral de Melo Neto, Rio de Janeiro, Rocco, 1996.

Uma geografia poética, ensaio breve sobre as relações entre Vinicius de Moraes e o Rio de Janeiro, Rio de Janeiro, Relume Dumará/Rioarte, 1996.

Na cobertura de Rubem Braga, retrato literário de Rubem Braga, Rio de Janeiro, José Olympio, 1996.

Inventário das sombras, coletânea de retratos de escritores como José Saramago, Nelson Rodrigues, Alain Robbe-Grillet, Adolfo Bioy Casares e Clarice Lispector, entre outros, Rio de Janeiro, Record, 1999.

Fantasma, romance, Rio de Janeiro, Record, 2001. Finalista do *Prêmio Jabuti*, da CBL, em 2002 e menção especial do *Prêmio Casa de las Américas*, de Cuba, em 2003.

ÍNDICE

Carta sincera ao homem que não sou	15
O dia em que adoeci de um livro	19
Traindo minha empregada	23
Grandes escritores por pequenos homens	27
O nariz do príncipe perfeito	31
Princípios da ditadura de elevador	35
Esquece das palavras, fica com as palavras	39
O homem da mente circular	43
Súmula de aula de fotografia	47
O amigo secreto de Franz Kafka	51
Sobre a existência dos bens intoleráveis	55
Sonhos, cometas e castiçais	59
Meditação sobre o calor das palavras	63
O quarto ponteiro dos relógios Duplot	67
O homem que sabia português	71
O menor romance do mundo	75
Amar é dar o que não se tem	79
Exercício de desapontamento	83
A felicidade não traz a felicidade	87
O passado e a lua sempre voltam	91
A mulher de olhos fechados	95

Uma visita ao sanatório das letras	99
Discurso sobre a traição	103
Nos passos de Alexander Search	107
Afastem-se: poemas perigosos	111
A sociologia das aranhas	115
Uma vida e dois espelhos	119
A hipótese dos buracos brancos	123
Homem com luvas de seda	127
Meu tio e a tartaruga de Galápagos	131
Todas as histórias já foram contadas	135
A gargantilha de Descartes	139
Desejou o bem, mas fez o mal	143
Volte que estarei aqui para ouvi-lo	147
Não olhe para cima, olhe para baixo	151
Quando busco, encontram-me	155
Os dentes medonhos de um relato	159
Meditação com a escova de dentes	163
Escritores não são ratos	167
Uma razão para escrever	171
O sentido incerto das palavras	175
Para que servem os psiquiatras?	179
O poder das telas de Wrapp	183
Fra Angelico, fantoche dos anjos	187
Relato de dois seres cadentes	191
Como e porque me tornei biógrafo	195
Viagem ao avesso do mundo	199
Menino entre as folhagens	203
Experimentando o modo de Denin	207
As últimas palavras	211
O mistério das quatro identidades	215
Deus veste um albornoz surrado	219
O duplo de Nova Iorque	223

A súbita sinceridade do dr. Moutinho 227
Se Virginia Woolf fosse minha empregada 231
Sobre os benefícios do erro 235
Precauções na escolha da fantasia 239
A segunda alma de Manuel Feijó 243
Toda verdade é curva e eu estou bem gordo 247
Centúrias, centopéias e centrífugas 251
Considerações a respeito de uma cesta 255
Retrato maravilhoso de um deputado 259
Teoria do lixo que não é lixo 263
Ao sabor dos pensamentos vazios 267
O nascimento das serpentes 271
Bento Wizard, escritor inacessível 275
Tunder olha para o alto e cai 279
Ali onde você nada, ela se afoga 283
Homem que sofre de pássaros 287
Como desmontar um forno elétrico 291

BIOGRAFIA 295
BIBLIOGRAFIA 297

COLEÇÃO MELHORES CONTOS

ANÍBAL MACHADO
Seleção e prefácio de Antonio Dimas

LYGIA FAGUNDES TELLES
Seleção e prefácio de Eduardo Portella

BRENO ACCIOLY
Seleção e prefácio de Ricardo Ramos

MARQUES REBELO
Seleção e prefácio de Ary Quintella

MOACYR SCLIAR
Seleção e prefácio de Regina Zilbermann

MACHADO DE ASSIS
Seleção e prefácio de Domício Proença Filho

HERBERTO SALES
Seleção e prefácio de Judith Grossmann

RUBEM BRAGA
Seleção e prefácio de Davi Arrigucci Jr.

LIMA BARRETO
Seleção e prefácio de Francisco de Assis Barbosa

JOÃO ANTÔNIO
Seleção e prefácio de Antônio Hohlfeldt

EÇA DE QUEIRÓS
Seleção e prefácio de Herberto Sales

MÁRIO DE ANDRADE
Seleção e prefácio de Telê Ancona Lopez

LUIZ VILELA
Seleção e prefácio de Wilson Martins

J. J. VEIGA
Seleção e prefácio de J. Aderaldo Castello

JOÃO DO RIO
Seleção e prefácio de Helena Parente Cunha

IGNÁCIO DE LOYOLA BRANDÃO
Seleção e prefácio de Deonísio da Silva

LÊDO IVO
Seleção e prefácio de Afrânio Coutinho

RICARDO RAMOS
Seleção e prefácio de Bella Jozef

MARCOS REY
Seleção e prefácio de Fábio Lucas

SIMÕES LOPES NETO
Seleção e prefácio de Dionísio Toledo

HERMILO BORBA FILHO
Seleção e prefácio de Silvio Roberto de Oliveira

BERNARDO ÉLIS
Seleção e prefácio de Gilberto Mendonça Teles

AUTRAN DOURADO
Seleção e prefácio de João Luiz Lafetá

JOEL SILVEIRA
Seleção e prefácio de Lêdo Ivo

JOÃO ALPHONSUS
Seleção e prefácio de Afonso Henriques Neto

ARTUR AZEVEDO
Seleção e prefácio de Antonio Martins de Araújo

RIBEIRO COUTO
Seleção e prefácio de Alberto Venancio Filho

OSMAN LINS
Seleção e prefácio de Sandra Nitrini

CAIO FERNANDO DE ABREU*
Seleção e prefácio de Ítalo Moriconi

DOMINGOS PELLEGRINI*
Seleção e prefácio de Miguel Sanches Neto

ORÍGENES LESSA*
Seleção e prefácio de Glória Pondé

PRELO*

Impresso nas oficinas da
Gráfica Palas Athena